列那狐的故事

Histoire De Renard

機智狐狸的不凡一生

目錄

搗蛋鬼的弦外之音《列那狐的故事》

劉美瑤（兒童文學作家）

自古以來，文學作品裡不乏以動物作為角色，藉由不同物種之間的互動，描摹人生百態或探討人性、啟發哲思的故事，比如《伊索寓言》、《彼得兔》、《小熊維尼》，以及長篇小說《柳林風聲》、《西頓動物故事集》、《野性的呼喚》等。在這些作品裡，動物的原始本能（獸性）被作者施加想像、加以渲染後，戴上人性的衣帽，彼此鬥智競爭。然而對於這些經過轉化的動物，讀者不能以二元價值輕易斷定角色的善惡，因為人性本來就潛藏著許多晦暗不明的陰影，再者受限於審查制度和現實環境，作者有時候不得不使用動物作為角色來抒發現實中不能明說的現象，尤其是當故事裡的動物主角被形塑成狡獪善辯的搗蛋鬼，屢屢做出一些逾越律法的行徑時，讀者就必須往下挖掘，找出弦外之音與難言之隱。

究竟什麼樣的動物特別適合扮演別有寓意的搗蛋鬼呢？相信讀者們第一個聯想到的必定是「狐狸」。《列那狐的故事》裡的列那，就是一隻擁有搗蛋鬼形象，集狡詐與智慧於一身的狐狸。此書源自十一世紀流傳於日耳曼地區的民間故事，這些民間故事裡有一篇關於審判狐狸的故事，《列那狐的故事》就是以這篇傳說為基礎，經後人修補刪改，成為今日我們讀到的，具有濃郁諷刺、暗藏不少寓意與象徵的長篇童話詩。想要理解《列那狐的故事》的弦外之音，我們必須先知道列那誕生的時代背景。

中世紀的日耳曼地區經歷農業革命，農業經過分工與專業化之後，促進了經濟的繁榮以及城市的興起，除了領主與農奴之外，新興的市民階級，比如商人、工匠等也逐漸在城市中扮演重要的經濟角色，於是貴族與平民之間的紛爭也日趨增多。當時的貴族為了爭權牟利，彼此傾軋互鬥，再加上公權力不彰、王侯腐敗，中下階層受辱被欺之後，求訴無門的狀況時常可見，而《列那狐的故事》就在這樣的背景中誕生了。

一、反威權／父權

故事從伊甸園說起，偷吃智慧果的亞當和夏娃被趕出伊甸園之後，每天為了食物奔走勞累，上帝不捨所以送了一支神棒給亞當，祂告訴亞當，只要拿神棒輕觸水面，就能獲得一隻有用的動物。同時也警告亞當，神棒若是落在夏娃手中，就會變出對人類有害的動物。

亞當利用神棒變出許多動物豐富了世界上的物種，然而夏娃在不甘示弱下搶走神棒，先是變出了野狼，之後更在與亞當爭奪神棒的過程中，憤怒折斷神棒投向湖泊，此時從洶湧翻騰的湖面中誕生的動物就是列那。

短短的開頭實則潛藏了許多曲折的寓意，首先夏娃引誘亞當偷吃智慧果以致被趕出伊甸園，這則神話隱含人類試圖掙脫宰制，成為擁有自由意志的個體。至於上帝給的神棒則象徵威權，亞當手執神棒可解釋為君權神授，既是君權，亦是父權。但是夏娃對於這樣的安排極度不滿，於是她起身反抗，折斷了象徵權力主宰的神棒扔進湖裡，剎那間湖面翻騰，列那因之而生。在斷裂與衝突中誕生的列那，他的出身也成為了對抗威權與父權的象徵，暗示這隻狐狸將會在動物王國（暗喻當時弱肉強食的社會）裡成為冒犯體制的代表，挺身反抗威權。

二、城市文學裡的反英雄

中世紀的市民文學興起之後，主人翁的角色也從英雄逐漸轉變為平凡的小人物，故事情節從英雄的長篇冒險之旅，轉變成小市民在生活中努力求生存的短篇故事，因此我們不妨將列那看成是這樣一個反英雄角色，他不是貴族，沒有顯赫的出身，只是碰巧救了獅王才受封為男爵，而男爵的爵位是所有貴族階級裡最低的。

當時的貴族階級分成五等：公爵、侯爵、伯爵、子爵、男爵。動物王國裡的主宰是獅王，而最愛與列那作對，生性殘暴的公狼葉森格倫是公爵，善於掠奪的烏鴉田斯令則是侯爵，至於狡詐善辯的花貓梯培、聒噪自大的白頰烏美尚子、心胸惡毒的小烏夫婦特洛伊與愛爾蒙特則是伯爵，而與列那交好友善的豬獾葛令拜則是男爵，和列那一樣都是位分最低的貴族。

動物們的階級與體型、智力等毫無關係，而這些看似胡鬧安排的階級是一種對當時現實社會裡貴族階級的諷刺，嘲諷他們德不配位，只會憑藉著君王喜好或是世襲而來的出身欺壓百姓。

平民出身的列那看不慣這些仗勢欺壓的王侯們，所以故事中不論是戲耍殘暴的公爵野狼葉森格倫，或是教訓惡毒的伯爵小烏夫婦，甚至是襲擊伯爵公雞尚特克雷一家，讀者們都應先把狐狸狡猾奸詐的形象放在一邊，用俠盜復仇的角度去觀看這些爭鬥與詐騙。

我們必須明白，當時的時代，百姓若是有冤屈，除了忍耐，對於司法審判不帶冀望，但是現實無法抒發的委屈，卻能在故事裡得到慰藉，例如列那用花言巧語哄騙烏鴉田斯令再修理他，在田斯令惱羞成怒辱罵之際，列那冷冷地回嘴：「侯爵，我想您應該沒有資格指責我吧！您搶了百姓們的食物，害得他們得餓著肚子入睡，難道不應該好好自我反省嗎？」以彼之道還施彼身，這句痛罵田斯令的話可以說是全篇故事的精髓：這些自以為受害者的貴族們，他們振振有詞聲討列那狡詐可恨時，可曾想過自己也是這麼對待那些弱勢的百姓？

列那不是英雄，他騎跨在善惡門檻間，時而扮演正義化身教訓權貴，看似作惡，實則是對於中世紀封建制度的挑釁，而書中屢屢出現列那因貪吃讓自己陷入泥淖的描寫，也與中下階層百姓為求生存反招來窘境的狀況不謀而合。自嘲嘲人的敘述風格讓故事呈現出荒謬的喜劇氛圍，符合了當時小市民的閱讀喜好，而列那混沌不明、正邪難分的雙重個性也讓他成為法國市民文學裡的反英雄代表。

三、掌握語言才能擁有正義與幸福

文學作品裡的狐狸各個巧舌如簧，而列那可謂其中玩弄語言技巧最為熟練之角色。不論是戲耍葉森格倫、或是花言巧語誘騙田斯令、梯培等，騙取食物填飽家人與自己，最後甚至用言語讓自己逃脫困境。在故事最後幾章：〈生死決鬥〉與〈圍攻馬貝渡〉，列那面對構陷，義正辭嚴闡述自己是為了底層人民報仇，先是激起獅王身為君主理應照顧百姓的責任感，最後更以人性的貪婪為餌，讓獅王放他回馬貝渡取寶藏，並在取寶的過程中用計解決兔子蘭姆，爾後更在眾人圍攻馬貝渡時，再度鼓動巧舌重獲獅王信任。

列那雖沒有權力在握，但是他有聰敏的腦袋和能言善道的嘴，憑藉著純熟的語言技巧，為自己在險惡的叢林中「說」出一條生路。這些情節暗示著對於當時神治社會、教會威權的反叛：人可以倚靠後天習得的智慧為自己爭取幸福，而不是全交由神來決定。

列那看似狡黠，但他在困厄中，利用貪婪、虛榮、輕信讒言等人性為誘餌，為自己爭取活下去的權利，有時候難免因為惡作劇給自己招來磨難，但卻總是極其巧合地成就某些正義。這麼一個遊走在黑白之間，行非法正義的形象不僅擄獲中下階層人民的心，也獲得不少文學家的喜愛，譬如歌德就曾改寫此故事，而列那也成為狐狸的代名詞，在後世老少的心中烙下鮮明的印象，成為家喻戶曉的狐狸搗蛋鬼。

第一章 列那誕生

傳說在上帝的樂園裡有一棵結實纍纍的果樹，每顆果實看起來都鮮嫩欲滴、十分可口，但是上帝從不允許任何人私自摘採。樂園裡除了有這棵甜美的果樹之外，還住著一對夫妻，男人名叫亞當，女人叫做夏娃。他們不愁吃、不愁穿，日子過得相當愜意，他們唯一的遺憾就是不能嚐一嚐那些漂亮的果實。

有一天，夏娃再也無法抵擋誘惑，偷偷地跑去摘了幾顆果實回家。起初，亞當認為這麼做十分不妥，但是他最後也克制不了內心的慾望，和夏娃一起大快朵頤一番。上帝發現兩人偷吃禁果後非常生氣，於是將他們趕出了樂園。

離開樂園對亞當和夏娃來說可是天大的打擊，因為他們得憑藉自己的力量存活下去。從來沒有勞動過的兩人，現在每天都為了食物忙得疲憊不堪，沒多久，夫妻倆就瘦得不成人形了。

慈悲的上帝見狀，感到相當不捨。於是，他走到兩人的面前，說：「亞當，我把這根神棒送給你，你只要用它輕觸水面，就能得到一隻有用的動物。不過，夏娃絕對不可以使用神棒，因為她變出來的動物對你們一點好處也沒有。」

上帝說完後，立刻消失得無影無蹤。

亞當連忙用神棍輕點水面，一隻母羊瞬間就出現在他們的眼前。兩人高興極了，因為他們不但可以吃到美味的羊肉，還能將羊毛製成毛衣，再也不用挨餓受凍了。

夏娃見神棒如此神奇，便伸手搶了過來。她相信自己絕對可以做得比亞當還要好，可是當她把神棒揮向水面時，一隻可怕的狼跑了出來，迅速地把剛才亞當變出來的母羊叼走了。

亞當生氣地大吼：「你看你做了什麼好事！狼把我們的羊搶走了，現在我們要靠什麼東西生存？」

他氣沖沖地奪回神棒，再次敲擊水面，結果變出了一條可愛的小狗。牠朝亞當搖了搖尾巴後，便衝進樹林與狼搏鬥，最後終於從狼的嘴裡搶回那隻母羊。小狗飛快地銜著母羊跑回來，將戰利品獻給亞當。

亞當為了不讓剛才的事情再度重演，便小心翼翼地收起神棒，絕不讓夏娃有使用的機會。從此之後，亞當每天都用神棒變出一種動物，世界上的物種就這樣變得愈來愈多了。

然而夏娃不肯就此善罷甘休，她暗地裡尋找神棒，想證明自己也能夠變出對他們有利的動物。有一天，她終於在一個隱密的地方找到了神棒，便趁亞當不注意的時候，用神棒敲擊水面。結果正如上帝所說，夏娃變出了一群又一群的可怕猛獸，為世界帶來了許多麻煩。

某天，夏娃又想背著亞當偷偷使用神棒時，正巧被亞當撞見了。他連忙衝過去想把它搶回來，可是夏娃哪裡肯放手，兩個人就這樣爭得你死我活，誰也不讓誰。最後，夏娃在一怒之下，折斷了神棒，將它扔進湖裡。剎那間，湖面變得波濤洶湧，接著浮出了一隻奇怪的動物。牠的毛皮不僅美麗，又具有光澤，夏娃立刻想到可以用它來製成一條漂亮的圍巾。正當她準備前去捉住牠時，牠便靈活地跑開了。

那隻奇怪的動物就是狐狸列那，雖然牠生性狡猾、詭計多端，但卻是個充滿正義感，且愛護家庭的好男人，這本書就是講述牠一生多采多姿的故事。

列那所處的動物王國為每隻動物賦予了階級，他出生為最底層的平民，經常受貴族勢力打壓，因此對他們相當不滿。除此之外，列那也不喜歡神職人員，

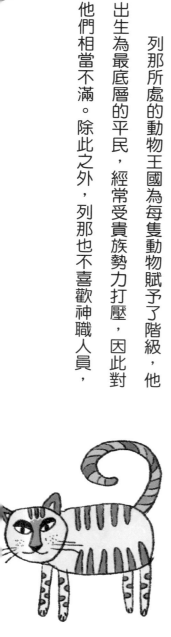

因為他們總是用怪力亂神來決定一隻動物的命運，相當迷信且昏庸。

有一次，他意外解救了獅王，因此被加封為男爵，並賜居在馬貝渡的一座宏偉城堡裡。此後，列那處心積慮地接近那些握有權勢的動物，企圖將他們扳倒，建立一個平等的社會。

在上流社會打滾一陣子後，列那認識了一些權貴，例如公爵葉森格倫，他是一匹公狼，也是列那名義上的舅舅。雖然他生性凶猛，卻不如列那聰明狡猾，因此經常被耍得團團轉。

豬獾葛令拜（男爵）是列那的外甥，他對列那一片真心，經常在危急時刻跳出來保護舅舅；花貓梯培（伯爵）也是列那的熟識，不過由於兩人同樣

狡詐，因此從未真心對彼此敞開心胸。

除此之外，列那還認識烏鴉田斯令（侯爵）、松鼠盧索（伯爵）、公雞尚特克雷（伯爵）、獅王的親信狗熊勃倫等動物，甚至和獅王、獅后也是相當熟稔的老朋友呢！

有一天，列那的妻子海梅琳憂心忡忡地對丈夫說：「家裡的食物就快要見底了，我們該怎麼辦才好呢？」

列那長嘆一口氣，無奈地說：「唉，那我再出去碰碰運氣吧！今年冬天實在太冷了，要找到食物簡直難如登天。」

他硬著頭皮走出家門，在樹林裡漫無目的地走著。只見到處都被白雪覆蓋，一隻小蟲也不見蹤影。他垂頭喪氣地坐在馬路旁，任由刺骨的寒風猛吹著身上的毛皮。一想到今天又得空手而歸，讓妻兒再次失望，列那就感到十分沮喪。

就在這個時候，一陣冷風猛地吹來，帶來了一股誘人的香味。列那立刻伸直脖子，使勁地嗅了幾下。沒錯，那絕對是鮮魚的味道！可是，香味是從哪裡飄過來的呢？為了找尋氣味的源頭，列那跳上圍籬，四處張望。沒多久，他就看見一輛馬車迎面而來，上面載滿了一簍簍的鮮魚。

看著愈駛愈近的馬車，列那突然想到了一個絕妙的主意。他輕輕一躍，跳到馬路上，然後閉上眼睛躺了下來，並伸出舌頭，裝作已經斷氣的模樣。過了一會兒，馬車在他的身邊停了下來。

其中一人看到躺在地上的列那，立刻大喊：「看，是一隻狐狸！牠的毛多麼美麗啊！」

馬車上的兩人跳了下來，上前仔細地觀察列那。他們一邊撫摸牠的毛皮，一邊估算著大概能賣多少錢。

「這張皮值八百法郎。」其中一人說。

「不，我認為至少值一千法郎！」另一個人說：「而且就算別人肯出高價，我還不一定會賣呢！」

接著，兩人合力抬起列那，把牠放在魚簍旁，繼續上車趕路。

車上的列那是多麼地開心啊！他用尖利的牙齒咬開一個魚簍，開始享用美味的餐點。一眨眼的工夫，他就已經吞下了三十條鮮魚。當然，列那並沒有忘記家中的妻子和三個孩子。他吃飽後，又熟練地咬開另一個魚簍，將二、三十條的鮮魚串成項鍊掛在脖子上，然後偷偷地溜下馬車。

雖然他的身手敏捷，但還是不小心發出了一點聲響，引起了那兩人的注意。正當他們對狐狸「死而復生」感到驚訝時，列那得意地朝他們大喊：「親愛的朋友，你們都弄錯了，我的毛皮至少值兩千法郎呢！因此，我還是自己好好保存著吧！對了，謝謝你們的鮮魚！」

那兩人這才明白自己被狐狸捉弄了，他們立刻停下馬車，前去捉拿列那。可是，他們倆怎麼可能追得上那隻健步如飛的狐狸呢！兩人懊惱萬分，只能摸摸鼻子、自認倒楣。

列那帶著勝利的喜悅飛快地跑回家，當他的家人看見列那脖子上的鮮魚項鍊時，都大聲地歡呼起來，簡直就像得到了稀世珍寶。列那的三個孩子貝斯海、馬勒和布朗士雖然還不會打獵，但已經和母親學習燒得一手好菜。他們三個升起火堆，把鮮魚切成塊狀，然後串在竹籤上烤了起來。妻子海梅琳則忙著照顧辛苦獲得食物的丈夫，她替他洗洗腳，緩解身體的疲勞，還為他梳理了那張價值連城的美麗毛皮。

列那看了看眼前高興的妻兒，感到相當滿足。他閉上眼睛，躺在柔軟的沙發上，等待享用美味的鮮魚大餐。

第二章　戲弄公爵葉森格倫

就在這個時候，公狼葉森格倫恰巧從列那的家門前經過。他原本就已經餓得頭昏眼花，現在又聞到鮮魚的香氣，因此嘴裡忍不住不停分泌唾液。飢寒交迫之下，葉森格倫放下尊嚴，偷偷地把鼻子湊近門縫，大口地吸著屋內散發出來的烤魚香味。

他打算趁著四下無人，悄悄溜進列那家，偷走幾條鮮魚。於是，他沿著屋外繞了一圈，卻發現門窗全都關得緊緊的，一點縫隙也沒有。葉森格倫皺著眉頭罵了一聲後，心不甘情不願地敲了敲列那家的大門。

「開門，快開門啊！」他裝出愉悅的聲音，大聲喊道：「我給你們帶來了一個好消息！」

「誰呀？」雖然列那早已聽出是葉森格倫的聲音，卻故意假裝不知情，然後

慢條斯理地詢問對方。

「是我啊！」葉森格倫大喊。

「請您說清楚一點。」

「親愛的外甥，我是你的舅舅葉森格倫！」公狼沒好氣地說。

「噢，真的是您嗎？我還以為是小偷呢！」列那故作驚訝地回答。

「我的好外甥，你快開門吧！」葉森格倫幾乎是在懇求了。

「親愛的舅舅，我必須等到修道士吃飽飯後才能開門。」列那一本正經地解釋：「難道您沒聽說我已經加入修道會了嗎？我正在招待修道士朋友用餐，若您現在貿然進屋，會打擾到那些賓客。」

「好，那我就站在外面吧！不過，你們究竟在吃什麼肉啊？」葉森格倫終於說出了他最想知道的問題。

「肉？修道士是不允許吃肉的，我們吃的只是新鮮的起司和肥美的鮮魚。」列那裝作嚴肅地說。

「不管是什麼，請分一點給我嚐嚐吧！我已經餓得受不了啦！」葉森格倫苦苦哀求。

「我也不忍心看您挨餓，可是我真的不能讓您進來，因為教規規定不允許在聚會時，接待一個不是修道會成員的人。」

葉森格倫知道自己是絕對不可能進去屋子裡了，但是那香噴噴的烤魚味實在令他無法輕易放棄，於是他繼續懇求列那：「外甥，至少給我一條魚吧！作為一個修道士，難道不應該同情一個飢餓的人嗎？」

「好吧，為了您，我也顧不得教會的戒律了。」

列那拿了一小塊烤魚，從門上的小洞遞給葉森格倫，並對他說：「這是修道士們送給您的，他們對我說，希望您也能加入教會。」

餓壞的葉森格倫一拿到魚塊後，立刻狼吞虎嚥地吞進肚子，完全忘了好好品嘗鮮魚的滋味。他一邊舔著嘴唇，一邊傻傻地問：「如果加入教會，就可以經常享用這樣的美食嗎？」

「當然！在這裡，您將會受到難以想像的款待。不過加入教會前，必須先接受剃髮儀式，您願意嗎？」

被美食沖昏腦袋的葉森格倫毫不猶豫地回答：「如果能再給我一些美味的佳餚，那麼就請剃吧！」

「噢，親愛的舅舅，像您這樣高貴又聰明的人，一定很快就能夠成為修道會的院長！」

列那為了給平時作惡多端的葉森格倫一個教訓，因此才戲弄他；而貪婪的葉森格倫為了得到幾塊可口的魚肉，落入了列那設下的圈套。

列那飛快地跑進廚房，拿來一鍋滾燙的熱水，朝站在外面的葉森格倫大喊：「舅舅，您快把頭從門上的小洞伸進來，讓我為您進行剃髮儀式！」

愚蠢的葉森格倫立刻把頭伸進去，列那就順勢將熱水澆在他的頭上，燙得葉森格倫哇哇大叫。他艱難地縮回被燙爛的頭，模樣狼狽極了！列那在一旁假裝鼓勵地說：「現在您已經成為修道士了，下一步我們該談談今夜在外面露宿的事。

這是教會對新進成員的另一個考驗。」

葉森格倫搖了搖被燙得火辣辣的頭，無奈地說：「好，既然如此，那就照你說的去做吧！」

列那從屋裡走出來，假惺惺地說：「舅舅，我實在不忍心看您一個人在外面受凍，所以決定陪在您的身邊。」

於是，他們倆在寒冷的冬夜中並肩而行，來到一個池塘邊。水面已經結冰，上面有一個洞，旁邊還有一個取水用的桶子。列那見狀，腦袋裡不禁又浮現出一個壞主意。

「這裡真是個釣鰻魚的好地方啊！」列那自言自語地說。

貪吃的葉森格倫一聽，立刻忘了燙傷的疼痛，焦急地問：「用什麼方法可以釣到鰻魚呢？」

列那指了指水桶，說：「把一條繩子綁在水桶的提把上，然後放進池塘裡耐心地等待，沒多久就能拉上來滿滿一桶的鰻魚。」

「我來試試看！」葉森格倫不假思索地說。

「舅舅，按照教會的規定，您今晚應該得禁食的，可是我不忍心看您挨餓，所以會替您保密的。不過就算如此，我們沒有繩子，也沒辦法釣魚呀！」

「我有辦法！」葉森格倫自作聰明地說：「列那，請你把水桶的提把繫在我的尾巴上，然後放進池塘裡。我就蹲在洞口，等鰻魚游進桶子，而且這樣還能確保我們的魚不會被別人偷走。」

列那暗自好笑，他假裝聽話地把水桶繫在葉森格倫的尾巴上，還叮囑他一定要耐心等待、切勿著急，然後就跑到遠處的灌木叢裡打盹了。葉森格倫老老實實地蹲在洞口旁，做著吃鰻魚的美夢。

夜愈來愈深，天氣愈來愈冷，池塘裡的水開始結冰了。葉森格倫發覺水桶愈來愈沉重，還以為裡面裝滿了鰻魚呢！等到冰變得愈來愈厚，他的尾巴一動也不能動時，他才慌張地向列那求救：「列那，魚裝得太多了，害得我沒辦法動，你快來幫我把水桶提起來吧！」

可是列那聽到後，只是冷冷地笑了一下，沒有出面協助葉森格倫。

天亮了，一些帶著獵犬出來打獵的獵人發現了受困的公狼，於是立刻朝牠奔去。當然，列那早在人們趕到之前，就已經逃之夭夭了，可憐的葉森格倫只能眼睜睜地看著敵人衝向自己。其中一位獵人舉起劍，向葉森格倫刺去，可是他腳底一滑，劍沒有刺穿狼的身體，反而把凍在冰裡的尾巴割斷了。

重獲自由的葉森格倫忍著劇痛，縱身一躍，逃脫了人群。從此，他成了一隻斷了尾巴的狼，雖然不免遭其他動物嘲笑，但至少撿回了一條性命。

隔天，葉森格倫氣沖沖地來找列那算帳，可是列那說了幾句花言巧語，就成功哄騙葉森格倫相信那全都是他運氣不好，才會陷入困境。況且獵人來得如此突然，列那又有什麼辦法對付他們呢？葉森格倫也認為列那言之有理，於是不再生氣，並原諒了他。

遭受了這麼多的苦難後，葉森格倫還是無法忘記烤魚的滋味。他裝作不經意地說：「列那，我已經受過剃髮儀式，也在外面露宿了一夜，現在應該算是一位真正的修道士了吧？」

列那搖搖頭，說：「您還必須完成一件事才行。」

「是什麼？」

「打鐘。作為一名修道士，打鐘是必備的技能。」

「好，那我就試試看吧！老實說，我連最小的鐘都沒有打過。」

「我相信，這對您來說一點都不難。那麼，我們現在就趕緊去修道院練習打鐘吧！」

列那說完後，領著葉森格倫來到靜悄悄的修道院。此時，有的修道士正在散步，有的則在房間裡誦經，大家絲毫沒有注意到這兩位不速之客，因此他們倆順利地來到鐘樓。

列那指著一根垂到地面的繩子，說：「舅舅，您只要拉動這條繩子，鐘就會

響了。」

葉森格倫蹲下身體，擺弄了一下繩子，然後突發奇想地說：「列那，請你把繩子綁在我的前腳上，這樣我就不用費力抓緊它了。」

「正合我意！」列那在心裡暗自偷笑，然後裝作佩服的模樣對葉森格倫說：「您真是太聰明了！我把您的兩隻前腳綁在繩子上，您再用兩隻腳輪流拉動繩子，就能使鐘響個不停了。對了，在您打鐘的時候，我會守在門外把風，免得有人來打擾。」

不過，事情沒有葉森格倫想得那麼順利。儘管他使盡了全身的力氣，甚至連身體也被提到了半空中，大鐘還是沒有發出任何聲音。為了吃到美味的烤魚，葉森格倫持續努力，終於敲響了大鐘。

這時，列那把頭探進來，慌慌張張地大

喊：「快跑，有人來了！」

他說完後，立刻一溜煙地跑走了。可憐的葉森格倫此刻正懸掛在半空中，無法解開繩子逃脫。他絕望地閉上眼睛，認為這回自己真的完蛋了。沒想到就在這個時候，繩子突然奇蹟似地斷掉了！葉森格倫就這樣重重地跌在地上，摔得頭破血流，可是他顧不得查看傷口，就趕緊逃離了現場。

這一次，葉森格倫終於意識到所有的一切都是列那設下的圈套。當他一瘸一拐地走在回家的路上時，他在心裡暗自發誓，日後一定也要讓那隻狡猾的狐狸吃點苦頭！

聰明的列那知道葉森格倫已經察覺真相，也清楚他一定會找機會報復，因此便躲在家裡，足不出戶。這段期間，他為孩子們說故事、教導他們打獵的技巧，並費心修葺馬貝渡城堡，以防葉森格倫突然襲擊。

雖然在家裡的日子過得愜意又舒適，但列那厭倦了長時間的這種生活，於是打算出門到處晃晃。

海梅琳一聽，立刻心急如焚地說：「親愛的，我不會阻止你踏出家門，可是你一定要格外小心啊！千萬別落到葉森格倫的手裡，否則我和三個孩子日後該依靠誰呢？」

列那安撫妻子，並向她保證自己絕對會平安無事地歸來。況且，家裡的糧食所剩不多，確實得出去尋找食物了，於是他告別妻兒後，獨自走了出去。

另一方面，葉森格倫始終沒有放鬆警戒，他一直躲在列那家附近的草叢裡，偵查他的動向，以便尋找機會逮住這隻狡猾的狐狸，狠狠地教訓他一頓。這段日子裡，他吃不飽也睡不好，脾氣變得相當暴躁。他對列那的仇恨並沒有隨著時間的流逝而變少，反而與日俱增。葉森格倫想，「懲罰」實在是太便宜列那了，一定要剷除那個傢伙，才能消除他心中的怒火。

日子一天天過去，葉森格倫想起家中的妻兒，忍不住有了回家的念頭。正當他起身準備離開草叢時，突然看見大門輕輕地被推開了，接著列那探出腦袋，小心翼翼地走出家門。

葉森格倫立刻打起精神，著手實施他的復仇計畫。他想等列那走遠一點之後再動手，免得他直接逃回家。不過列那也不是省油的燈，他知道葉森格倫絕對還埋伏在附近，因此他走出家門後並沒有筆直地往前走，而是把背靠著牆壁，沿著屋子繞了一大圈，避免敵人從後方突襲。

葉森格倫見列那始終不走近草叢，不由得感到坐立難安，最後他實在沉不住氣，索性從草叢裡跳出來，直接前去追趕列那。機警的列那一聽見周遭有動靜，立刻加快腳步往前飛奔，於是一場狼和狐狸的追逐戰正式展開了。

由於列那這段期間睡得好、吃得飽，得到了充分的休息，因此一下子就跑得不見蹤影；反觀葉森格倫因為長期露宿在外、苦苦守候，所以步伐明顯變得十分沉重，但是他內心的憤怒支撐著他繼續追趕列那。

過了一會兒，他們倆的距離愈來愈近，眼見葉森格倫就快要抓住列那了。這時，機靈的列那突然猛地轉身，往右邊一跳，朝著一棟房子跑了過去。屋子前放著幾個裝滿顏料的大木桶，列那本想縱身一跳，越過木桶逃進屋內，然而筋疲力盡的他跳得不夠遠，正好不偏不倚地跌進其中一個顏料桶裡。

聲響驚動了一位正在染布的工人，他連忙放下手邊的工作，前來查看究竟發生了什麼事情。

「你是誰呀？你在裡面做什麼？」他問。

列那努力保持鎮定，對那人說：「您好，我也是一名染匠。剛才我路過這裡時，正巧看見您這裡有許多顏色美麗的染料，便情不自禁地被吸引過來，結果正當我把頭探進木桶，想好好欣賞一番時，竟不小心失去平衡，跌進裡面了。請您救我出去吧！」

那人雖然對列那說的話半信半疑，但還是把他拉了出來。脫險的列那立刻拔腿狂奔，沒想到卻在一個轉角處碰上了葉森格倫！

列那心想這回自己肯定難逃一死了，不料葉森格倫卻很有禮貌地向他點頭致

敬，說：「您好，非常歡迎您大駕光臨。我從未見過如此美麗的毛色，請問您來自哪個國家呢？」

原來，列那的毛皮被剛才的顏料染成了閃閃發亮的金黃色，因此葉森格倫才認不出他來。於是他將計就計，態度自然地回答：「謝謝您的誇獎，我是從英國來的，正在尋找一把小提琴，它可是我最寶貝的樂器呢！」

「您會演奏小提琴？真是太厲害了！不過在幫忙之前，我想請問您有沒有看到一隻有著紅橘色毛皮的狐狸？」

「沒有。」列那搖搖頭回答。

「可惡，又被他逃走了！」葉森格倫咬牙切齒地說：「看來只好等之後再找機會教訓他了！」

列那想轉移葉森格倫的注意力，於是問他：「你知道小提琴？」

葉森格倫立刻回答：「是的，這附近有一戶人家，每逢過節的時候，就會拉小提琴助興。跟我來，我現在就帶您去看看！」

葉森格倫興致勃勃地把列那領到一所房子前，透過窗戶望進去，可以看見一把小提琴就掛在離煙囪不遠的地方。

「您想拿它來演奏看看嗎？」葉森格倫問。

列那點點頭，裝作膽怯的樣子回答：「可是我不敢進去。」

葉森格倫想在這位外國客人面前好好表現，於是敏捷地從窗口跳進屋裡，沒想到卻驚醒了一隻正在牆邊睡覺的大狗，激起了一場狼與狗的搏鬥。房屋主人聽到聲響，連忙拿起棍棒加入打狼的行列。

葉森格倫被打得招架不住，連滾帶爬地從屋內逃了出來。他想找那位來自英國的客人尋求安慰，卻連個影子也沒有看到。雖然這次的皮肉之苦不能怪罪於列那，但是葉森格倫還是對他恨得牙癢癢。

第三章　挑戰貴族

這天，列那很早就起床了。他的肚子餓得咕嚕咕嚕叫，於是決定趁著好天氣出門打獵。他漫無目的地在田野裡走著，忽然發現大樹上站著一隻趾高氣揚的白頰鳥。她是伯爵夫人美尚子，經常嘲笑列那一家是個假貴族，因此列那對她十分不滿。正巧今天列那遍尋不著適合果腹的獵物，於是打算拿她作為盤中飧。

他假裝熱情地對美尚子說：「夫人，早安！真是好久不見，您願意下來和我敘敘舊嗎？」

美尚子毫不客氣地說：「列那，你為人狡猾，經常作弄其他貴族，我才不會上你的當呢！」

列那為了得到這頓美味的早餐，於是耐著性子繼續說：「親愛的夫人，您多心了，我怎麼可能敢傷害您呢？況且，獅王最近頒布了一條新的法令，希望所有

動物都能夠和平相處、安居樂業，共同維護王國。大家現在都在大肆慶祝，我們也放下過去的恩怨，重修舊好吧！」

雖然列那說得相當動聽，但是美尚子還是不為所動地說：「列那，我看你還是別白費唇舌了，去找別人和你談天吧！」

列那仍舊假裝真誠地說：「夫人，您太多疑了，我要怎麼做才能讓您相信我呢？不然我閉著眼睛和您說話好了，這樣您可以放心了吧？」

美尚子聽了之後，腦袋裡閃過一個可以捉弄列那的壞主意。她不疾不徐地回答：「好，那我就下來和你聊天吧！」

等列那閉上雙眼，美尚子就銜著一把樹葉朝他

飛去，並用葉子輕輕撥弄列那的鬍鬚。列那以為美尚子就在眼前，立刻迅速地張大嘴巴咬下去，結果吃進了一肚子的樹葉。

美尚子飛到樹枝上，冷冷地笑著說：「哼！列那，這就是你所謂的友好？我看，獅王根本就沒有頒布法令吧！」

列那知道剛才的急躁暴露了自己的目的，但他仍然假裝鎮定地說：「親愛的夫人，我只是和您開個玩笑罷了，您千萬別當真啊！好了，讓我們重新開始，這次我絕對不會再捉弄您了。」

美尚子決定再試探一次列那，於是大方地對他說：「好，那就請你再次閉上眼睛吧！」

她說完後，再次朝列那飛過來。雙眼緊閉的列那一聽到東西飛近的聲音，立刻向前咬了一口。不過美尚子早有準備，她從側面閃躲，重新飛回樹上，讓列那又撲了個空。

美尚子站在樹枝上，得意地說：「列那，我看你還有什麼話可說！我剛才要是沒有躲開，就被你吞進肚子裡了！」

列那仍繼續用三寸不爛之舌，哄騙美尚子靠近他，可是她文風不動地待在樹上，再也不願意相信那隻狡猾狐狸的花言巧語。忽然間，遠處傳來一陣嘈雜聲。原來，一群獵人正帶著獵犬打獵，他們一看見列那，立刻高聲大喊：「有狐狸！快來捉狐狸啊！」

列那見自己即將大難臨頭，連忙拔腿就跑。美尚子見狀，故意嘲笑他：「列那，我改變心意了，我們來聊聊天吧！你別跑啊！」

列那一邊跑，一邊沒好氣地大喊：「夫人，我現在還有急事要處理，我們還是下次再談吧！」

列那一口氣逃回家，心臟撲通撲通地跳個不停，剛才簡直是在鬼門關前走了一遭啊！

隔天，列那來到一片翠綠的草原上散步，他發現附近有一條清澈的小河，於是快步趕過去，跳進水裡洗了個澡。接著，他躺在柔軟的草地上打滾，愜意地曬著太陽，梳理柔順的毛髮。

正當他準備小睡片刻時，附近突然傳來老鼠尖銳的吱吱聲，他好奇地循著聲音所在的地方走過去，看見烏鴉田斯令正在掠奪平民老鼠的食物。田斯令是位蠻橫凶殘的侯爵，經常利用自己的權勢欺壓百姓，令人不齒。

他用雙腳抓住一塊乳酪，然後展翅飛上天空，囂張地對老鼠們說：「謝謝你們的午餐，我會好好享用的！」

老鼠們氣得跳腳，可是卻也拿那隻位高權重的烏鴉沒辦法。列那替老鼠們打抱不平，並下定決心要給烏鴉一個教訓。他沿路跟蹤田斯令，來到一棵大樹下。就在田斯令迫不及待地拿出乳酪，準備好好品嘗一番時，列那朝他高聲大喊：「侯爵，您好！見到您就讓我想起您已故的父親羅伯特侯爵，他的歌聲真是太美妙了！聽說您的歌喉也不錯，不知您是否願意為我高歌一曲？」

田斯令被列那這麼一誇讚，不禁感到有些得意，忍不住哼唱了幾句。

「噢，真是太悅耳了！不過，您能稍微提高音調嗎？我認為那樣應該會更好

聽。」列那阿諛奉承地說。

田斯令更加得意了，他扯開喉嚨，使勁全身的力氣，激昂地演唱了一首動聽的歌曲。唱得渾然忘我的田斯令完全忘了手裡的乳酪，結果爪子一鬆，美食就這麼掉到了列那的面前。

這時，列那的腦海裡閃過一個妙計。他站起身，一瘸一拐地走了幾步，假裝要離開此地，還向田斯令抱怨說：「唉，今天真是倒楣！我的腳受傷了，本想在大樹下一邊好好休息，一邊欣賞您美妙的歌聲，可是不知道從哪裡飛來了一塊東西，還散發出陣陣酸臭味，熏得我難受極了！侯爵，請您幫我把它弄走吧！」

田斯令當然不願意放棄他的美食，於是馬上從樹上飛下來。不過，就在他快要接近地面時，他彷彿想到什麼似地停了下來，警惕地望著列那。

「放心吧，我不會傷害您的。再說，我的腳受了重傷，動作變得十分不靈活了。」列那假裝溫柔地說。

雖然列那這麼說，但是田斯令還是不敢貿然行動，只敢小心翼翼地往前走兩步。列那感到有些不耐煩，於是縱身一躍，直接撲向田斯令。幸虧他們倆的距離還是有點遠，因此田斯令才撿回了一條性命。

田斯令飛上樹枝，一邊心疼地梳理著自己的羽毛，一邊惡狠狠地說：「你這隻可惡的狐狸，千方百計地迷惑我，就是想要將我吃進肚子裡！我真愚蠢，居然相信你的花言巧語！」

列那見事跡敗露，便冷冷地對田斯令說：「侯爵，我想您應該沒有資格指責我吧！您搶了百姓們的食物，害得他們得餓著肚子入睡，難道不應該好好自我反省嗎？」

田斯令頓時啞口無言，只能默默地看著列那離開。

過了幾天，海梅琳告訴列那家裡的糧食已經所剩無幾了，希望他能出去尋找食物。愛家的列那當然不忍心看到妻兒挨餓，於是決定到外面覓食。正好在前幾日，他聽說距離動物王國不遠的地方住著一位有名望的神父，而且屋子裡的儲藏室堆放了許多美食，因此決定去那裡碰碰運氣。

他一早就來到神父的家，並在屋子周圍四處徘徊，結果幸運地在一個牆角下發現一個小洞。他躡手躡腳地鑽進去，正好這裡就是儲藏室。他拿了幾塊肥美的羊肉後，又悄悄地從小洞爬出來。

正當列那享用完最後一塊肉片時，葉森格倫正好從這裡經過。此時的他飢腸轆轆，已經顧不得先前對列那的怨恨，哀求著列那分給他一點食物。看著葉森格倫疲憊的模樣，列那不禁心生同情，於是決定幫助他。不過在助人的同時，列那也不忘趁機捉弄一下平時欺壓百姓的葉森格倫。

列那把葉森格倫領到牆角的小洞前，然後告訴他從這裡進去就是儲藏室，裡面存放著許多令人垂涎三尺的美食，例如巨大的火腿、新鮮的肥肉等。葉森格倫聽得口水直流，迫不及待地想鑽到裡面。可是，由於葉森格倫的體型太過龐大，因此很難從那個小洞爬進去。幸虧他這幾天都餓著肚子，身材消瘦了許多，才勉強通過洞口。

挨餓許久的葉森格倫一看到琳瑯滿目的美食，立刻大口大口地吃了起來。即使他已經撐得直打飽嗝，還是不願意停下嘴巴。正當他津津有味地啃著一塊雞腿時，突然聽到在外面把風的列那焦急地喊著：

「有人來了，快出來！」

葉森格倫立刻丟下手中的食物，起身衝到小洞前。他先把頭伸出去，接著是肩膀和兩隻前腳，可是肚子卻因為塞滿了剛才吃下去的食物變得圓滾滾，害得自己卡在洞口動彈不得。

可憐的葉森格倫鼓足力氣，拚命往外擠；列那則在外面抓住他的耳朵和其中一隻前腳，使勁全力往外拉。可是這些努力全都徒勞無功，葉森格倫的身體仍然一動也不能動。

最後，列那只好從別處溜進神父的家裡，找一條繩子來把葉森格倫拖出來。當他經過飯廳時，發現神父正準備享用一隻又肥又嫩的烤雞。列那一看到眼前的美食，立刻就把找繩子的事情拋到腦後了。他敏捷地跳上餐桌，一把奪走神父手中的烤雞，然後飛快地溜走。

神父見狀，嚇得大叫：「來人啊，快來抓小偷！」

不一會兒，幾十位僕人便從四面八方湧了過來，他們手拿鐵棍和鏟子，急急忙忙地追趕列那。身手矯健的狐狸不停地跑上跑下，一會兒往東，一會兒往西，把那些人耍得團團轉。最後，他逃進葉森格倫所在的那間儲藏室。在列那去尋找繩子的期間，葉森格倫見自己出不去，索性就退回來乖乖待在裡面，等待救援。此時，他一看到救星出現，高興得不得了，不料列那見情況緊急，居然丟下手裡的烤雞，自己從洞口逃走了。

就在這個時候，神父和僕人們追過來了，他們本以為可以順利逮到狐狸，沒想到卻看見一隻躲在儲藏室裡偷吃的狼！於是，可憐的葉森格倫就這樣代替列那狠狠地被打了一頓，險些丟了一條性命。

第二天，從神父家死裡逃生的列那來到一塊草原上散心，順便尋找能作為晚餐的獵物。這時，兩隻小鳥從遠方迎面飛來，列那一眼就認出那是平時對百姓非常惡毒的伯爵特洛伊和他的妻子愛爾蒙特。他飛快地轉動腦袋，然後想到了一個好主意。這個辦法不僅可以讓他的晚餐有著落，還能夠替受害的平民報仇。

打好如意算盤後，列那閉上眼睛倒臥在樹蔭下的一塊草地上，然後將四肢攤開，吐出舌頭，再次玩起裝死的伎倆。小鳥夫婦飛過那棵大樹時，眼尖的愛爾蒙特看到了列那，立刻告訴丈夫：「特洛伊，你看，那不是列那嗎？他一動也不動地躺在那裡，是不是已經死了？」

特洛伊不可置信地說：「怎麼可能？我們昨天看到列那的時候，他不是還活蹦亂跳的嗎？」

愛爾蒙特想親眼確認，於是飛近列那，仔細觀察一番。接著，她篤定地說：「他真的去世了，而且我想是突然暴斃身亡。」

「或許他只是在睡覺呢！」特洛伊仍然無法相信。

「親愛的，你太多疑了。我敢保證，列那絕對已經到另一個世界去了，我要再靠近一點看看。」

「別去，太危險了！列那是一個狡猾的傢伙，誰知道他在耍什麼把戲呢！」特洛伊擔心地提醒。

「哼，那是以前！他現在肯定再也無法捉弄我們了！」愛爾蒙特很有自信地說：「我要去瞧瞧那個壞傢伙慘死的模樣。」

她說完後，便俯身飛到列那身邊。特洛伊攔不住她，只好在上空盤旋，密切注意妻子的安危。

狡猾的列那屏住呼吸，等待那隻愚蠢小鳥的到來。當愛爾蒙特把頭湊近他的鼻子，想確認他是否還有氣息時，列那猛地張開大嘴，一口咬斷了小鳥的脖子，可憐的愛爾蒙特就這樣命喪黃泉了。

特洛伊看到妻子慘死的模樣後悲慟不已，忍不住在天上不停地哀嚎。列那見狀，只是冷冷地對他說：「親愛的伯爵，您現在總算知道，當您迫害那些無辜的百姓時，他們的內心有多麼痛苦了吧！放心，我會替您的夫人舉辦一場隆重的葬禮，好好地送她最後一程。」

列那所說的葬禮，其實就是回家讓孩子們生火、海梅琳烹調，將愛爾蒙特做成一道美味的佳餚。

列那吃飽後，滿足地擦了擦嘴，打開家門準備出去散步，結果正好碰到國王的親信兔子蘭姆。這隻兔子不但愚鈍膽小、時常聽信別人的讒言，還不斷在獅王面前誹謗列那，於是列那想趁機讓他嘗一點苦頭。

「您好，蘭姆先生！您看起來似乎很忙啊！」列那假裝熱情地說。

蘭姆清楚列那知道自己在背地裡陷害他的事，因此膽怯地說：「我沒……沒事，我只是要去找點食物來吃。」

「既然如此，不如到我家來坐坐吧！雖然敝舍裡沒有什麼山珍海味，但還是有些基本的家常菜。來，快請進！」

蘭姆很不想進去，但是他又不敢拒絕列那，因此只好硬著頭皮走進屋內。列那客氣地請蘭姆坐下，並吩咐海梅琳替客人端來一盤新鮮可口的櫻桃。蘭姆見列那如此熱情，便放鬆警惕，大口大口地吃了起來。此時的列那正緊緊盯著蘭姆，心裡盤算著下一步該怎麼做。

突然，列那的兒子貝斯海跑了過來。他是一個貪吃的傢伙，一看見蘭姆正在享用美食，便想靠過來分一杯羹。沒想到這個舉動嚇壞了膽小的蘭姆，他以為有人要趁機突襲，因此本能地豎起兩隻長耳朵，刺向貝斯海。

列那為了解救兒子，立刻衝上前將蘭姆撲倒在地，生氣地用拳頭狠狠地朝對方的臉打下去。渾身是血的蘭姆沒有放棄最後的掙扎，他使盡全身的力量跳了起來，從列那的手裡掙脫，蹦蹦跳跳地跑出門外，逃進樹林裡了。

第四章 列那遭到反擊

一天早晨，伯爵小狗古杜瓦正在做著美夢時，他的主人突然拿著一條又長又大的香腸走了過來，古杜瓦立刻從睡夢中驚醒，不停地對眼前的美食流口水。不過，主人並沒有直接把香腸拿給他，而是將它放在高高的窗臺上。他拍拍古杜瓦的頭，然後說：「別急，晚點再餵你吃。」

古杜瓦只好垂頭喪氣地趴在地上，乖乖地等待午餐時間的到來。

香腸的香味從窗口飄散出去，吸引了正好從這裡經過的列那。他開始東張西望，想找出香氣的來源。當他循著氣味往前走時，碰見了正在大樹下打盹的花貓梯培。梯培是一名伯爵，深受獅王喜愛。他的個性和列那一樣狡猾，經常害列那吃悶虧，讓他恨得牙癢癢。

「梯培伯爵，您知道這個香氣是從哪裡傳過來的嗎？」列那問。

梯培迷迷糊糊地睜開眼睛，朝著空氣嗅了幾下，然後慵懶地回答：「噢，我想這肯定是主人為我準備的午餐！要是你有興趣，就和我一起回家吧！」

他說完後站起身，大搖大擺地朝屋子走去。列那為了分一杯羹，默默地跟在梯培的身後。

他們一進門，就聽見古杜瓦在窗臺底下唉聲嘆氣：「唉，美味的香腸，你要是能夠自己掉下來，那該有多好啊！」

梯培走上前，關心地問：「你怎麼啦？」

古杜瓦委屈地將事情的經過一五一十地告訴梯培。最後，他還大聲地抱怨：「既然那條香腸是為我準備的，為什麼不馬上拿給我呢？」

聽完古杜瓦的敘述後，列那將梯培拉到一旁，小聲地說：「伯爵，您不覺得古杜瓦伯爵這麼說太傲慢了嗎？他不停強調那是『他』的午餐，根本就沒有把您放在眼裡嘛！不如我們共同合作取得香腸，然後再找個地方一起分享吧！」

原來，列那想藉由挑撥離間，來慫恿梯培幫助自己獲得香腸。飢腸轆轆的梯培也想滿足口腹之慾，於是答應了列那的提議。很快地，他們倆就想到了一個完美的計畫：梯培跳上窗臺，假裝不經意地把香腸扔給列那；接到食物的列那趕緊跑到他們約定好的地點，等待梯培前來會合。

就這樣，整個過程進行得非常順利。

古杜瓦看見自己的午餐被列那搶走，立刻狂吠起來。他恨不得衝上去搶回香腸，可惜他的脖子被鐵鍊緊緊拴住，怎麼樣也無法掙脫，只能眼睜睜地看著美食離自己愈來愈遠。

梯培見列那跑得如此迅速，立刻明白自己上了他的當，於是臨陣倒戈，對古杜瓦說：「別難過，我去替你把香腸奪回來。」

列那飛也似地跑了一大段路，以為自己可以獨吞這條美味的香腸，沒想到梯培卻抄近路趕上了他。雖然列那十分震驚，但他還是裝出泰然自若的模樣，心裡盤算著該如何擺脫這個精明的傢伙。

「列那，你要去哪裡呀？」梯培問：「我們不是約定好要到大樹下平分那條香腸嗎？你怎麼跑到這裡來了？你看，香腸上沾滿了灰塵和你的口水，要我怎麼吃啊？喏，還是把香腸交給我，讓我來示範正確的拿法吧！」

列那不太願意接受這個提議，因為他害怕梯培會趁機捉弄他。不過為了取得他的信任，列那還是硬著頭皮答應了。他將香腸交給梯培，梯培便熟練地將它甩到背上，不讓食物沾到地面。

「你看，這樣拿好多了吧！」梯培趾高氣揚地說：「走，我們到前面的小山丘去享用美食吧！」

不等列那回答，梯培就向前飛奔而去。當列那走近小山丘時，發現梯培正高高地坐在一座十字架上。

「伯爵，您快點下來！我們該平分香腸了！」列那不悅地大喊。

「不，上面的視野比較好，所以還是你上來吧！」梯培傲慢地說。

「您明知道我不會爬高，居然還叫我到上面去！」列那憤怒地說：「快把屬於我的那一半扔給我！」

「把這樣的美食丟到地上，實在是太浪費了。」梯培不屑地說：「不如這次就由我獨吞這條香腸，下次我們合作時再讓你獨自享受，我保證連一點肉屑也不吃。你覺得如何？」

「伯爵，您真是太不守信用了，居然連一口也不分給我！」列那怒不可遏，大聲地嚷嚷起來。

「列那，你別誤會，我是特意要把下次那個沒有沾到塵土的美食全部留給你吃啊！難道我這麼做還對你不夠好嗎？」梯培說完後，便不再理會列那，開始埋頭吃起美味的香腸。

眼見食物一口一口地被梯培吃進肚子裡，列那急得哭了起來。

「列那，你在懺悔嗎？」梯培故作天真地說：「只要你真心悔過，我相信上帝一定會寬恕你的。」

「走著瞧，我會一直在這裡等到您下來為止！」

「你願意等多久啊？」

「等到您下來的那一天！」列那咬牙切齒地說：「我發誓我會在這裡等您七年！您總有一天會下來的！」

「唉呀！一想到你要在這裡餓著肚子等上七年，我就覺得十分不捨呢！不過既然你已經發過誓，那也沒辦法了。」梯培假裝同情地說完後，又繼續津津有味地享用美食。

忽然間，遠處傳來凶猛的狗叫聲，原來是古杜瓦掙脫鐵鍊追過來了。列那見狀，立刻轉過身，準備拔腿就跑。

「列那，你要去哪裡？」梯培幸災樂禍地問：「你不是發誓說要在這裡等我七年嗎？怎麼這麼快就反悔了？」

列那氣得渾身發抖，他狠狠地瞪了狡猾的梯培一眼後，馬上飛也似地逃進樹林裡了。

自從上次的香腸之戰過後，列那很久沒有再見到梯培。然而在某一天，這對冤家又不小心在路上撞見彼此了。不過或許是時間間隔較長的緣故，他們倆似乎早已忘了上次的爭執，彼此親熱地打著招呼。

「早安，伯爵！」列那彬彬有禮地問：「您要去哪裡呀？怎麼看起來慌慌張張的？」

「我要到動物王國附近的一個農舍去。」梯培興高采烈地回答：「聽說那裡的女主人把一大罐牛奶放在麵包箱裡，所以我決定冒險去嘗嘗滋味。對了，農舍的養雞場裡好像有不少好貨色，你要不要和我一起去看看？」

列那一聽到有美食可吃，立刻點頭答應，並高興地說：「我們倆一同前往，還可以互相照應呢！」

經過一段長長的路程後，他們終於來到了那座農舍。不過，房子的四周圍著一排又高又密的柵欄，根本無法溜進去。

「天啊！看來我們的計畫要泡湯了。」列那失望地說。

「別這麼快就洩氣！」梯培抱著一線希望，說：「我們再仔細觀察一下，看看有沒有其他辦法吧！」

過了一會兒，他們幸運地發現柵欄的其中一角有點破損，於是小心翼翼地扳開損壞的木片，順利鑽了進去。列那一進到院子，便作勢往養雞場跑去。

梯培見狀，連忙拉住他，小聲地說：「你這個傻瓜！怎麼可以先溜到養雞場呢？雞只要一被抓住，就會大聲嚷嚷，驚動主人。到時候，我們就什麼也吃不到了！依我看，我們還是先到麵包箱裡偷喝牛奶，然後再去抓幾隻雞吧！」

儘管列那渴望立刻前往養雞場，但是他認為梯培說得很有道理，於是決定聽從他的建議，躡手躡腳地來到麵包箱前。

梯培興奮地說：「就是這裡了！列那，我們一起把箱蓋打開，然後你負責撐著蓋子，讓我先享用，接著再換你品嘗。最後，我們再一起去抓雞。你覺得這個主意如何？」

列那不假思索地同意了，因為他的心裡只惦記著那些肥美的家禽，對牛奶根本一點興趣也沒有。於是他用力撐著蓋子，讓梯培先進去品嘗一番。牛奶的味道香甜，顏色看起來也很新鮮。梯培每喝一口，就要停下來咂咂嘴，仔細地回味一下。他慢慢地喝著，彷彿把剛才的安排全都拋到腦後了。

列那開始感到不耐煩了，他小聲地催促：「伯爵，請您快一點！麵包箱的蓋子很重，我快要撐不住了！」

然而梯培依舊把嘴巴浸在牛奶裡，假裝沒聽見列那說的話。

「伯爵，您快出來！現在該輪到我了！」列那繼續催促。

「再等一下！」梯培不耐煩地說。

又過了一陣子，梯培還是沒有要從箱子裡出來的意思，於是列那生氣地朝他大喊：「伯爵，我一秒鐘都等不下去了，現在請您立刻出來！」

這下子，梯培也惱火了。他不高興地把罐子推倒，任憑牛奶灑得到處都是，然後朝列那露出一抹勝利的微笑。

「您居然故意打翻牛奶，真是太可惡了！」列那惡狠狠地說：「哼！為了懲罰您，我要關上蓋子，把您關在裡面！」

梯培一聽，連忙縱身一躍，跳出箱子，可是列那放下箱蓋的動作比他逃脫的速度還要快，因此他可憐的尾巴就這樣硬生生地被蓋子截成兩半。梯培痛得發出一聲淒厲的慘叫，難受地跌坐在地。

「你這隻惡毒的狐狸！」梯培憤怒地大叫：「你竟然把我的尾巴弄斷了，你要為此負責！」

「這怎麼能夠怪我呢？」列那厚著臉

皮說：「我早就警告過您了，是您自己動作太慢，才會夾斷尾巴。」

「嗚嗚嗚……」梯培痛苦地呻吟：「我可憐的尾巴啊！」

「您別難過了。」列那巧言令色地安慰：「其實您沒有尾巴，看起來反而更年輕了呢！」

「你居然還有閒情逸致說風涼話！」梯培生氣地大罵。

「好了，伯爵，我們趕緊出發前往養雞場吧！」列那不耐煩地說，他已經迫不及待要好好大吃一頓了。

他們倆躡手躡腳地抵達目的地，這時梯培對列那說：「我建議你先捉住那隻年輕的公雞，因為他年輕力壯，肉質肯定最鮮美。況且，公雞的嗓門最大，要是他發出叫聲，絕對會驚動農舍主人。」

梯培的建議確實很有道理，只是他說話的音量太大，把正在睡覺的公雞吵醒了。公雞立刻大聲鳴叫，頓時農舍裡的所有人和一大群獵犬全都趕了過來。梯培反應得快，馬上全力奔向那根破損的柵欄，迅速鑽出了院子，剎那間就消失得無影無蹤。

不過，列那就沒有那麼幸運了。他被那群獵犬團團包圍，無法逃脫。後來他決定背水一戰，衝上前去咬住其中一隻狗的鼻子，其他獵犬都被那隻狗的慘叫聲嚇得呆愣在原地。列那利用這個機會，拚命地逃了出來。

逃回家的列那一邊包紮傷口，一邊仔細想了一想，似乎只要他和梯培合作，就不會有好下場。

時間匆匆流逝，轉眼間，櫻桃成熟的季節來臨了。路邊的櫻桃樹上掛滿了鮮豔的果實，彷彿一盞盞的紅色小燈籠。正當麻雀特露恩站在樹枝上，津津有味地享用美食時，列那恰巧從這裡經過。他一看見特露恩，腦袋裡立刻湧現出不好的回憶。

原來，特露恩是某位男爵的妻子，她對列那晉升為男爵，和她平起平坐的這件事感到相當不滿，因此三番兩次地找列那的麻煩。有一次，她居然想趁機啄瞎列那的孩子，因此使列那對她恨之入骨。

此時的列那正好在尋找獵物，於是決定來替孩子報一箭之仇。他熱情地向特露恩打招呼：「您好，夫人，今年的櫻桃味道如何？」

特露恩一看到對方是列那，便撇撇嘴說：「哼，原來是你。那些櫻桃簡直是人間美味，你要上來嘗嘗看嗎？」

特露恩明知道列那不會爬高，因此故意這麼說。

列那為了等待時機報仇，只好耐著性子回答：「謝謝您的好意，您還是自己慢慢享用吧！」

「噢，我已經吃飽了。這些櫻桃真的非常新鮮，不如我扔幾顆給你，讓你嘗嘗滋味吧！」特露恩說完後，便假裝大方地丟下幾顆櫻桃。

列那見無法推託，只好將果實吞進肚子裡。可是，狐狸是肉食性動物，那些水果對他而言又酸又澀，簡直難吃極了，因此他勉強吃了幾顆之後，就再也吃不下去了。

列那假意地說：「謝謝您，夫人！那些櫻桃確實非常可口。」

「不必客氣，那些只不過是我吃剩下來的食物罷了。」特露恩一邊梳理滑順的羽毛，一邊趾高氣揚地回答。

列那一聽，頓時怒火中燒，但他還是面不改色地說：「親愛的夫人，您對我這麼好，日後若有機會，我一定會盡全力報答您的。」

原本氣焰囂張的特露恩忽然露出憂傷的神色，說：「唉，那麼你能替我的孩子治病嗎？他們患有癲癇，經常突然發作，害得我整日提心吊膽。我四處求醫卻都不見成效，簡直是束手無策啊！」

列那見機會來了，連忙說：「這件事情就交給我吧！前幾年我遊歷東方時，就曾替蘇丹王子醫治過這種病。為了感謝您剛才大方的饋贈，我願意親手替您的孩子解除病痛。」

「真是太好了！」特露恩興高采烈地說：「那麼，我現在就去把兩個孩子抱出來！」

她說完後，立刻飛回巢裡。首先，她抱出大兒子交給列那，然後又匆匆忙忙地轉回去抱小兒子。她把兩個孩子送出去後，往下一看，卻沒看見他們的蹤影，於是焦急地問列那：「喂，我的孩子到哪裡去了？」

列那舔了舔嘴巴，冷笑著說：「放心吧，他們的病已經被我治好，再也不會感到痛苦了。」

這時，特露恩才恍然大悟，原來她的孩子們已經成為列那的食物了。悔恨交加的她發出悲痛的哀號，對著列那大喊：「你這個歹毒的傢伙！你怎麼可以吃掉我的孩子！」

列那瞥了她一眼，冷冷地說：「哼！當初您企圖將我的孩子啄瞎的時候，您有考慮過我的感受嗎？」

特露恩啞口無言，不知道該如何面對列那的指責。

「夫人，要是您哪一天也需要擺脫痛苦，我可以助您一臂之力。」列那無情地說完後，就大搖大擺地離開了。

傷心欲絕的特露恩扯著自己的羽毛，發瘋似地大喊：「可憐的孩子啊，我對不起你們！我居然相信那個可惡的壞蛋，將你們親手送上黃泉。我發誓，一定會替你們報仇！」

特露恩擦乾淚水，決定去尋求朋友們的援助，然而事情並沒有如她所想的那麼順利。她的朋友一聽復仇的對象是列那，紛紛打退堂鼓。有的推託最近身體欠佳，有的則說工作忙碌、無法抽空幫忙。只有一個朋友誠實地對她說，他願意幫她報仇，只是列那太過狡猾，而且又詭計多端，要是一個不小心，就有可能賠上自己的性命，因此實在無能為力。

可憐的特露恩得不到朋友們的幫助，只好傷心地飛回家。當她經過一個圍著籬笆的花園時，聽見有個虛弱的聲音喊著：「特露恩，快過來看看我！」

特露恩立刻就認出這是警犬毛爾賀的聲音。毛爾賀曾經是一隻頗有聲望的獵犬，他年輕時高大又威猛，立過無數的功勞。可是他現在逐漸衰老，身體虛弱，容貌變得十分憔悴。

「毛爾賀，你怎麼了？生病了嗎？」特露恩擔心地問。

毛爾賀唉聲嘆氣地說：「不，我只是太餓了。唉！我的主人看我老了，嫌我不中用，就不肯再給我食物了。其實，要是我能夠填飽肚子，還是能替主人做些事情的。」

這時，毛爾賀發現特露恩神情悲傷，雙眼紅腫，便小心翼翼地問：「你是不是也有傷心事？」

特露恩一聽，忍不住哽咽地將自己的遭遇告訴毛爾賀。

「特露恩，你別難過，要是我能好好地吃一頓，一定會費盡全力替你報仇，讓那隻狡猾的狐狸付出代價！」

特露恩想了一想，說：「毛爾賀，你還有力氣走到馬路旁邊嗎？我想，我應該有辦法在那裡替你弄到一頓豐盛的午餐！」

毛爾賀點點頭，勉強地站起身，走到大路旁。接著，他按照特露恩的指示，躲在一旁的灌木叢裡。

過了一會兒，特露恩飛過來，對毛爾賀說：「你看，有人從遠處推著一整車的食物走過來！我去把他引開，你就趁機到車上飽餐一頓吧！」

說完後，特露恩裝出一副受傷的樣子，搖搖晃晃地飛到馬車前。馬夫見狀，便停下車來追捕小鳥，想將牠帶回家送給孩子。可是，每當他就要碰到小鳥的羽毛時，鳥兒總是吃力地飛遠幾尺，然後彷彿用盡力氣一般，一動也不動地停在那裡。馬夫認為自己一定能夠抓住那隻受傷的鳥兒，因此不停地追著牠跑。

毛爾賀趁著馬夫在追逐小鳥的時候，順利地從車上偷走了一塊火腿和幾條香腸，然後將它們拖到灌木叢裡，開始狼吞虎嚥起來。

特露恩引誘馬夫走了一大段路，接著她覺得時機差不多了，便猛地高高飛上天空，留下目瞪口呆的馬夫站在原地。當她飛回灌木叢時，看見毛爾賀已經享用完美味的食物了。

「特露恩，謝謝你！多虧你的幫助，我已經好多了。只要再讓我休養兩天，就能夠替你教訓列那了！」毛爾賀大力地拍胸脯保證。

兩天後的一個中午，正在家裡午睡的列那突然聽見外面有個聲音喊著：「列那，我太痛苦了！請你把我吃了，好讓我和孩子們團圓吧！」

列那知道是特露恩前來送死，於是立刻開門走了出去。特露恩見列那上鉤，便故技重施，一會兒飛翔，一會兒停下來，把列那引到毛爾賀守候的地方。等列那抵達目的地之後，毛爾賀就從他的身後撲上去，將他翻倒在地，然後對他一陣拳打腳踢，直到他躺在地上，一動也不動為止。

特露恩滿足地看著倒地不起的列那，心想除非他和死神有交情，否則他這次絕對必死無疑。然而她的想法落空了，在那次慘烈的鬥毆之後，列那雖然受了很重的傷，但在

醫生的治療和妻子的悉心照料之下，他的身體逐漸康復了。

幾個月後，恢復健康的列那出門散心，剛好碰見正要出門的葉森格倫。吃盡列那苦頭的狼原本想躲回屋裡，但他轉念一想，倒不如用計治一治那隻狡猾的狐狸。於是他熱情地迎上前，和列那打招呼：「親愛的外甥，好久不見！聽說你前陣子用巧妙的計策，從魚販那裡拿到不少戰利品，真是了不起啊！」

列那見葉森格倫如此熱情，不禁感到有些意外。不過一聽到別人的誇讚，他還是忍不住露出得意的神情。

「我聽說，您的弟弟普里摩也用我的辦法去偷魚，結果被魚販當場逮住，打了個半死，後來他還拿這件事情來向我抱怨。這也不能怪我呀！又不是我指使他這麼做的。況且，第一次管用的方法，多用幾次就不靈了。」

「有道理！外甥，你的聰明才智實在太讓人佩服了！」葉森格倫阿諛奉承地說：「現在正好是鮮魚上市的季節，馬路上經常有滿載漁獲的馬車經過。不如我們齊心合作，一起去弄點魚回來嘗嘗吧！」

列那覺得這個主意不錯，便爽快地答應了。

隔天，列那和葉森格倫相約來到路口，他們在那裡等了許久，卻連一匹馬的影子也沒看見。正當他們打算離開時，遠處駛來了一輛馬車。負責拉車的是一匹老馬，牠吃力地拖著貨物，看起來疲憊不堪；趕車的人則坐在位置上打盹，任由老馬拉著向前走。

列那壓低聲音對葉森格倫說：「機會來了！我們只需要輕輕地跳上馬車，就可以飽餐一頓了。」

「我想，還是你獨自跳上馬車吧！」葉森格倫推託：「我的身體這麼笨重，肯定會驚醒馬夫的。」

列那考慮了一會兒後，點頭答應了。因為他認為萬一馬夫驚醒過來，肯定會先發現站在地上的狼，而不是在車上的自己。

商討好該如何行動後，他們就待在原地等待馬車駛過，然後再一起跟著車子往前跑。接著列那輕輕一躍，跳上了馬車。他迅速打開一個魚簍，把裡面的魚一條條地往地上倒；葉森格倫則負責把那些魚搬到路旁的樹叢裡。由於時間緊迫，列那連嘗一口鮮魚的機會也沒有。

就在這時，馬夫從睡夢中醒來了。他揚鞭抽馬，加速趕路，把在車上的列那也帶走了。列那深怕被馬夫發現，因此一動也不敢動，直到馬夫再次打盹，他才把握機會快速溜下車。

列那拚命跑到與葉森格倫約定好的地方，卻沒見到狼的蹤影。他一路搜尋，最後終於在一個遙遠的樹林裡找到了葉森格倫。

「您怎麼跑到這裡來了？我的那一份魚呢？」列那不客氣地問。

「什麼魚？」葉森格倫裝作不解地問。

「別再裝糊塗了，快把我的魚交出來！」

「噢，你的魚在這裡！」葉森格倫指著地上的一條魚骨頭，囂張地說：「親愛的外甥，你扔下來的魚太少了，實在不夠分啊！喏，那是你應得的一份，你就慢慢享用吧！再見！」

列那氣得火冒三丈，因為他從來不曾像這樣被耍得團團轉。他暗自心想，日後絕對要找機會狠狠地報復葉森格倫。

第五章 貴族們的控訴

一天，列那動身前往遠方旅遊。他沿著森林悠哉地走著，不知不覺來到一處風景優美的地方。從這裡放眼望去，盡是一片翠綠的草原，蜿蜒的小溪緩緩地流過高大的樹木和美麗的花叢，發出悅耳的流水聲。

草地上有一座非常大的農莊，四周用籬笆緊緊圍著，一大群家禽在裡面玩耍嬉戲。列那一看到，立刻認出那是公雞尚特克雷的家。尚特克雷是一位伯爵，平時自視甚高、目中無人，經常對列那取得爵位的事冷嘲熱諷。為了挫一挫他的銳氣，列那決定偷偷潛進去，將他們一網打盡。

此時，幾隻母雞正在籬笆附近覓食，絲毫沒有注意到危險逐步逼近。列那在一旁緊緊盯著獵物，飢渴地舔了舔嘴唇。他悄悄地躺在籬笆外，思索著該如何進去農莊。不料，卻不小心弄斷地上的一根樹枝，發出了輕微的聲響。母雞們受到

驚嚇，紛紛嚷嚷起來。

尚特克雷聽到騷動，立刻趕了過來。他問：「發生了什麼事？」母雞品特驚恐地回答：「我們聽見籬笆外有些動靜，似乎還看見一雙凶狠的眼睛，正不懷好意地朝裡面窺探。尚特克雷，我們現在的處境十分危險！」

品特是一隻出色的母雞，不僅生出來的蛋又圓又大，還有替人解夢的本領，因此在養雞場裡擁有很高的聲望。

然而，尚特克雷卻不以為然地說：「大家放心，農莊的籬笆前不久才重新翻修過，敵人絕對進不來的。我們待在這裡非常安全！」

「對了，品特。」尚特克雷繼續說：「我剛才做了一個很不愉快的夢，你來替我分析一下。」

「是什麼樣的夢呢？」品特問。

「我夢見一隻奇怪的野獸，他穿著一件紅橘色的皮大衣，而且還說要將身上的衣裳送給我。我告訴他，我習慣穿著羽毛衣裳，皮大衣不適合我，可是他堅決要我收下，我也只好勉強答應。接著，我費了好大的工夫把頭套進大衣，然而衣服領口處的尖銳裝飾品卻令我十分難受，簡直快要喘不過氣來。就在這時，你們的叫嚷聲把我吵醒了。品特，這個夢意謂著什麼呢？」

品特聽完後，搖搖頭說：「依我看，這個夢暗示著你將來可能會落入一場騙局。你被強迫穿上的那件皮大衣，顯然是一隻野獸的毛皮；那些銳利的裝飾品則是他的牙齒。你感到窒息難受，是因為他把你咬在嘴裡。尚特克雷，我擔心你在中午之前就會遭遇不幸了！」

「品特，你多慮了。」尚特克雷聳了聳肩膀，不屑地說：「只要我不踏出農莊，又怎麼會遇到危險呢？」

品特見說不動尚特克雷，便和其他母雞躲到院子後方；尚特克雷則跑到遠處的肥料堆上繼續打盹。

躲在籬笆後面的列那清清楚楚地聽見他們的對話，他覺得尚特克雷的夢很有趣，便打算用那個夢境的內容來捉弄他。他踮起腳尖，從籬笆上探出腦袋，望見尚特克雷正獨自在睡覺，蓬鬆的羽毛在陽光的照耀下，顯得格外光鮮亮麗。他評估完籬笆的高度，然後算好距離，縱身一躍，來到了公雞的身旁。尚特克雷頓時驚醒，騰空飛起，發出驚恐的叫聲。

「別怕，尚特克雷伯爵。」列那和善地說：「我是您的遠房親戚列那啊！您長得就和您的父親一樣帥氣，甚至比他還要好看。我記得您的父親有一副美妙的歌喉，想必您應該也得到了他的真傳吧！」

儘管列那簡直就和尚特克雷夢中的野獸長得一模一樣，但是他聽了那些花言巧語後，還是漸漸放鬆了警戒。尚特克雷被吹捧得有些得意忘形，於是清了清喉嚨，尖聲地唱出幾個音調。

「真是太好聽了！」列那點頭讚賞道：「我相信，要是你閉上雙眼，全心投入在歌曲裡，歌聲一定會更加美妙！」

愛慕虛榮的尚特克雷早已將品特的警告忘得一乾二淨，他閉上眼睛，放聲高歌起來。列那見機會來臨，便一口咬住公雞的脖子往外跑。

品特在遠處看到了這一幕，嚇得大聲嚷嚷起來，引起了幾位僕人的注意。大家連忙朝著列那離開的方向飛奔而去，可是無論他們跑得再快，還是無法追回失去的家禽。此時，列那已經跑離農莊一段距離了。

尚特克雷真正感受到了猶如窒息般的痛苦，然而他還是鼓起勇氣，對挾持他的列那說：「你這個陰險的傢伙，居然趁我毫無防備的時候偷襲我！你這麼做，難道都不會感到良心不安嗎？唉，要是我聽進品特的勸告，現在就不會落得如此悽慘的下場了！」

列那沒有搭理他，只是自顧自地往前狂奔。他每跑一步，尚特克雷就悲哀地說：「我就要穿上那件皮大衣了！我就要穿上那件皮大衣了！」

列那被那句話逗樂了，忍不住驕傲地說：「沒錯，是時候讓您穿上那件漂亮的皮大衣了！」

趁列那張嘴說話的時候，尚特克雷連忙抓住機會振翅而飛，逃到了不遠處的一棵大樹上。

他驚魂未定地梳理自己的羽毛，大聲對列那說：「列那，你皮大衣上的裝飾品真是鋒利啊！我看，我以後不僅再也不能閉著眼睛唱歌，恐怕連睡覺都要睜開一隻眼睛才行了！」

這次的失誤對列那來說，簡直就是奇恥大辱，令他耿耿於懷。他就連做夢，都想著農莊裡的肥美家禽。因此，他決定再去一趟那裡，把那些可口的雞群一網打盡，然後拿回家給妻兒們享用。

這天早晨，當列那抵達農莊時，恰好看見尚特克雷正站在籬笆上唱歌，看起來心情相當不錯。不過，他一看見列那，便立刻用最快的速度拍動翅膀，準備飛進院子裡躲起來。

列那早已想好一套甜言蜜語來哄騙尚特克雷，他和藹地說：「親愛的伯爵，您為什麼要躲避我呢？是不是還在記恨我們之間那場小小的誤會？其實，那天我並沒有要傷害您的意思。我只是被您美麗的羽毛和動聽的歌聲吸引，迫不及待地想把您帶回家，介紹給我的家人認識。由於我們是親戚，因此我就不顧禮儀將您銜在嘴裡，匆忙地跑回家。不料，這個舉動竟讓您誤解了……」

尚特克雷感到有些半信半疑，他難為情地辯解：「你那天真是嚇壞我了！而且我當時剛好做了一場噩夢，所以才會特別敏感。」

「好吧，那麼我們就不要再提過去的往事了。」列那說：「這次，我為你們帶來了一個好消息！獅王於近日頒布了一條新法令，要求所有的動物和平共處，禁止一切鬥爭。你看，這就是獅王親自簽署的法令！為了服從命令，我已經到修道會懺悔了我的罪過，並且下定決心再也不食肉了。好了，現在我該去誦讀經書了。再見！」

尚特克雷再次相信列那所說的話，他高興地說：「列那，這真是太好了！謝謝你為我們帶來這麼重要的消息。有了獅王的諭令，我們就可以踏出院子，不必再膽戰心驚地生活了！」

接著，他轉過身，朝院子裡大喊：「品特，快把大家集合起來，我有重要的事情要宣布！」

不一會兒，一大群家禽嘰嘰喳喳地趕了過來。尚特克雷見大家全部到齊，便興高采烈地將列那所說的和平法令告訴他們。

一向小心謹慎的品特朝列那所在的方向瞥了一眼，懷疑地說：「尚特克雷，你確定這是真的嗎？」

尚特克雷拍拍胸脯，十分有自信地說：「放心吧！我親眼看到了獅王簽署的法令，不會有錯的。況且，列那也已經決定洗心革面了。你瞧，他就坐在大樹下誦讀經書呢！好了，我們趕緊到外面的草地上覓食吧！」

尚特克雷帶頭跳出籬笆，接著品特和其他同伴們也一個接一個地跳了出來。尚特克雷的十四個孩子邁著不穩的步伐，搖搖晃晃地走在翠綠的草地上。大家開心地呼吸著新鮮的空氣，享受著自由的喜悅。

此時的列那仍坐在樹蔭下專心地閱讀經書，不過實際上，他一個字也沒有看進去，心思全都在那群雞的身上。就在這時，一隻小雞搖搖晃晃地來到列那的身邊，他還來不及叫喊，就被列那吞進肚子裡了。

當然，誰也沒有發現這件事。不一會兒，另一隻小雞也走近列那，結果落得和他的兄弟一樣的下場。接著，第三隻、第四隻小雞又前來自投羅網，許多隻鳥兒就這樣悄無聲息地被吃掉了。

當尚特克雷察覺到不對勁時，近乎一半的小雞早已成了列那的盤中飧。他慌張地將大家集合起來，卻發現隊伍中少了好幾隻雛鳥。正當大家

焦急地四處尋找時，列那逐漸失控了。他瘋狂地撲向雞群，東抓一把，西咬一口，草地上頓時成了一片腥紅的屠宰場。

嘈雜的喧譁聲驚動了農莊裡的人們，他們急急忙忙地趕了過來，並將凶猛的獵犬放出來追趕狐狸，列那一看苗頭不對，立刻拔腿就跑。

轉眼間，冬天過去了，和煦的陽光和柔和的春風使得大地一片生機盎然。不僅鳥兒們高聲歌唱，花朵們也爭相展露出最美的容顏。

在這個令人愉悅的季節裡，獅王諾勃勒決定召集全體大臣上朝，商討國家大事。同時，對於近期盛傳的有關一位男爵的閒言碎語，也要適當地進行處理。雖然獅后認為那些誹謗全都是無稽之談，但獅王還是想釐清所有事情的來龍去脈。他十分喜愛那位受人抨擊的男爵，因此不願意想像那些流言全都是事實。

為了確保會議能如期召開，獅王早已派蝸牛泰爾迪夫挨家挨戶地通知消息，請每位大臣務必前來開會。

舉行朝會的日子終於來臨了。獅王威嚴地坐在一顆大石頭上，獅后則陪伴在他的身邊。大臣們陸續到來，神父公羊倍令站在一旁，謹慎地記下所有貴賓的姓名。幾乎所有的動物都已經到齊了，只有公雞尚特克雷和狐狸列那尚未出席。

對於尚特克雷，大家都認為他一定是有什麼急事在路上耽擱了；至於列那，所有動物則覺得他肯定是為了躲避審判而故意缺席。因為朝廷早就聽聞列那近年來為非作歹的劣跡，他應該是擔心自己在會議上遭受圍攻，所以才不敢前來。雖然他平時詭計多端，但在這種場合也是派不上用場的。

列那不在，倒成為了大夥兒吐露真言的機會。葉森格倫是獅王賞識的貴族之一，因此他第一個站出來，大膽地開口：「尊貴的陛下，我請求您對列那進行審判！長期以來，他做了無數件傷天害理的事情，不僅對我們造成極大的傷害，甚至危及到整個動物王國的名聲！」

「審判列那！審判列那！」其他動物紛紛附和。

「就拿我來說吧！」葉森格倫繼續說：「那個卑鄙無恥的傢伙曾多次惡毒地引誘我參與冒險，他並非為了我好才邀我加入，而是為了他自身的利益。例如有一次，他讓我在結凍的水面上釣魚，結果害我被獵人截斷尾巴，還有……」

豬獾葛令拜打斷了葉森格倫的發言。作為列那的親外甥，他認為自己有義務為家人辯駁。

「陛下，今天列那不在，沒辦法為自己辯護。在這種情況下進行審判，實在有失公平。」他冷靜地說：「葉森格倫公爵，您敢當著陛下的面發誓，說您從未耍弄過列那嗎？我記得，您曾經讓他冒著生命危險去偷魚，最後卻只留了魚骨頭給他吃。難道您忘記這件事了嗎？」

這時，古杜瓦憤怒地大聲嚷嚷：「陛下，列那確實是個壞傢伙！他曾經偷了我的香腸……」

緊接著，梯培大搖大擺地走上前，義正辭嚴地說：「我並不想替列那辯護，但是古杜瓦說的話有違事實。古杜瓦，我明明親眼看見香腸放在窗臺上，而且沒有寫著你的名字，你怎麼能一口咬定它就是你的呢？」

「主人親口說過那是要給我的！」古杜瓦大吼。

「可是，那條香腸突然落到列那的頭上，他自然會認為這是上天賜給他的禮物。至於我，只是從列那的手中奪到香腸，然後津津有味地品嘗了一番。這總不是我的過錯吧！」

聽完梯培的述說，獅王和獅后點了點頭，表示贊同。尤其是獅后，她本就對列那印象不錯，因此打從心底認為所有的謠言不過是有人刻意搬弄是非。她不耐煩地說：「請不要再為了這種小事爭論了，不僅毫無意義，更有損朝廷的尊嚴！」

獅后的表態使所有還想發表意見的大臣都閉上了嘴，他們可不想在這關鍵的時刻惹禍上身。

就在這個時候，尚特克雷率領他的家族成員來了。在他的身後是品特和一隻母雞，接著是抬著擔架的四隻小公雞。擔架上躺著一具屍體，上面鋪滿了樹葉。大家一邊走，一邊哭泣，看起來悲痛欲絕。

這支隊伍使剛才還劍拔弩張的朝堂突然安靜了下來，他們哀傷的情緒感染了在場所有的動物。

尚特克雷走上前，向獅王鞠躬，然後說：「陛下，我們是來申冤的，請您一定要主持公道啊！這樁慘絕人寰的命案就發生在前不久。您知道我們一家生活在一個美麗的農莊，主人對我們很好，我們也一向安居樂業，為國家做著應有的貢獻。這位是我的妻子品特，她是遠近馳名的生蛋好手。她還有兩個妹妹，一位是站在這裡的史派蘿，另一位是……」

尚特克雷說到這裡，突然哽咽了起來。

過了一會兒，他才平復情緒，繼續說：「另一位是柯珀，是世間上少有的美人。可是她現在卻躺在這裡，再也起不來了。這一切都是因為那個邪惡的傢伙，他假借您的名義……」

「我的名義？」獅王顯得有些惱怒。

「是的，陛下。他以您的名義謊稱您頒布了和平法令，誘騙我們踏出家門，享受自由的空氣，結果我可憐的孩子們頓時成了他的獵物。最後，他還失控撲向我們，咬死了我的家人。要不是農莊主人聽到騷動跑了出來，我們家族可能會就此葬送在那傢伙的手裡。」

尚特克雷泣不成聲，他用顫抖的手撥開擔架上的樹葉，露出柯珀傷痕累累的身軀。大家見狀，頓時一片譁然。群眾裡傳出憤怒的議論聲，獅后的雙眼則盈滿了不捨的淚水。

「請陛下替我們主持公道！」品特大喊。

「請讓那傢伙接受制裁！」尚特克雷也高聲叫道。

「嚴懲凶手！嚴懲凶手！」其他動物也紛紛怒吼。

獅王雖然早已料到是誰下此毒手，但還是故意對尚特克雷說：「請告訴我那名凶手的名字。」

「列那！」尚特克雷咬牙切齒地回答。

忽然間，震耳欲聾的喧譁聲從四面八方響起，大家情緒激昂地高喊：「處死列那！處死列那！」

獅王站起身，嚴肅地說：「這件事我一定會秉公處理！不過在進行審判前，我要先聽聽被告的說詞，這也是他的權利。」

葛令拜義憤填膺地說：「陛下，請您息怒！他們並沒有證據可以證明這件事是列那所為啊！況且，列那早已在幾天前進了修道院，他怎麼可能還做得出這種天理不容的事情呢？」

「他進了修道院？」獅王疑惑地問。

「他已經離開了。」神父倍令說：「列那完全無法克制自己食肉的慾望，我怕他帶壞剛入會的修道士，因此只好請他還俗了。」

「那麼，誰願意去把列那帶來這裡？」獅王問。

四周頓時一片安靜，因為大家都明白這絕對不是一件容易的差事。這時，毫無心計的狗熊勃倫站了出來，傻里傻氣地自願去捉列那。

「很好！」獅王拍了拍勃倫的肩膀，然後把頭轉向尚特克雷所在的方向，沉痛地說：「在你去追捕列那的這段期間，我們會為可憐的柯珀舉辦一場隆重的葬禮，減緩尚特克雷一家的悲痛。」

勃倫和所有的動物告別後，便信心滿滿地出發了；獅王則憂心忡忡地和神父倍令商討下一步該怎麼做。

第六章 捉拿列那

勃倫翻山越嶺，歷盡千辛萬苦，終於抵達列那的家。而列那也早有防備，一派輕鬆地在家裡等待使者的光臨。

正當他享用完美味的午餐，準備小睡一下時，一陣沉重而有節奏的腳步聲突然打破了寧靜。原來，此時的勃倫正在屋外焦躁地來回踱步，思索著該如何捉拿列那。他想，是直接破門而入，強行把他帶走，還是有禮貌地請他去一趟皇宮？勃倫考慮許久，最後決定採取較為文明的辦法。

他清了清喉嚨，大聲說：「列那，我是勃倫，奉獅王的命令帶你前往皇宮。你快出來吧！我告訴你，有許多動物都在陛下面前告發你的罪狀，情況相當不樂觀，你還是盡快跟我回去，為自己辯解吧！」

勃倫見裡面毫無動靜，於是再次大喊：「列那！你聽見我說的話了嗎？獅王

準備對你進行審判了！你犯下那麼多滔天大錯，早該料到會有這一天！」

列那悠哉地躺在床上，故意默不作聲，腦袋裡飛快地想著對付勃倫的辦法。等到勃倫再次叫喊的時候，他才慢悠悠地回答：「唉呀，害您親自跑一趟，真是抱歉！其實，我原本想出席朝廷舉行的會議，沒想到昨天突然吃壞了肚子，所以才沒有前往。」

「吃壞肚子？」勃倫感到有些好奇。

「唉，家裡的食物所剩無幾，因此什麼東西都得勉強吃下肚啊！」列那假裝痛苦地呻吟：「不過，獅王特地派您前來邀我進宮，真是讓我感到太榮幸了！我得好好招待您才行！」

面對列那如此友善的態度，勃倫一時之間不知道該如何反應，只能愣愣地站在原地。這時，列那下了床，猛地打開大門，把勃倫嚇了一大跳。

「狗熊大人，真高興見到您！」列那故作熱情地說：「儘管我的身體還有些不適，但我已經準備好和您一起上路了。」

「你究竟吃了什麼東西？」勃倫有禮貌地問。

「就是那難吃的蜂蜜啊！」列那一臉嫌棄地回答。

「蜂蜜？」狗熊最喜歡蜂蜜了，因此勃倫一聽到這兩個字，眼睛頓時變得閃閃發光。

「是啊！我真是無法理解為何有動物會對那種東西感興趣，要不是我餓得兩眼發昏，我才不願意吞下那個難吃的食物呢！」

「列那，蜂蜜可是人間美味呀！你怎麼會不喜歡這種美食呢？」

「唉！你瞧，我才吃了一點蜂蜜就病成這樣，哪還敢再吃呢？不過，剩下來的蜂蜜還有點多，真是可惜。」

「噢，親愛的列那，你能告訴我那些蜂蜜在哪裡嗎？」勃倫流著口水說：「假如你能透露那個美食所在的位置，日後我一定會好好報答你的！」

「狗熊大人，我現在就可以帶你去那個地方。」列那誇張地說：「那裡的蜂蜜非常多，絕對能夠讓您好好地飽餐一頓！」

「那我們現在立刻出發吧！」勃倫迫不及待地說。

「可是，獅王那邊……」列那假惺惺地說。

「沒關係，我們可以晚一點再去！到時候，我會在國王的面前為你辯護。好了，你快點帶路吧！」勃倫急切地催促。

列那把勃倫帶到一個農場裡，由於他經常在這附近覓食，因此對周圍的地形十分熟悉。農場後方有幾棵被砍倒的大樹，那是農場主人準備運到城裡販售的。其中一棵大樹的樹幹上有一條很大的裂縫，農場主人可能是為了防止縫隙合攏，所以特意在裂縫的兩頭塞了兩個楔子。

「喏，就在那裡！」列那指著縫隙說：「您只要把頭從那個裂縫伸進去，就可以嘗到甜美的蜂蜜了。」

愚蠢的勃倫一點也沒有察覺到列那的陰謀，立刻把頭伸了進去，而且他愈伸愈深，甚至連肩膀也塞進縫隙裡了。列那趁著勃倫尋找蜂蜜的時候，迅速把撐開縫隙的楔子一個一個地拔出來。裂縫逐漸變小，最後夾住了狗熊的頭。

「親愛的狗熊大人，請您慢慢享用吧！」列那嘲笑著說：「我先到附近歇息，等您吃飽了，我們再上路！」

沒等列那說完，勃倫就發出了痛苦的哀嚎聲。農場主人一聽到聲響，立刻手持斧頭，帶著幾位僕人趕了過來。列那趁大家毫無防備時，還順手偷了一隻肥美的母雞。

為了慶祝自己順利實施完美的計畫，列那決定就地野餐。他把母雞帶到附近一條清澈的小河邊，然後舒舒服服地坐下來，品嘗鮮嫩多汁的雞肉。正當列那吃下最後一塊肉片時，他看到遠方漂來一個巨大的東西。

天啊！那不是狗熊勃倫嗎？列那驚訝地揉了揉眼睛，不敢相信眼前的景象。難道他從那些人的手裡逃出來了嗎？

原來，突然趕來的人群使狗熊非常驚慌，他知道自己只能拚命一搏，否則必然喪命。於是，他把巨大的頭從深深的裂縫中掙扎著拔了出來，但過程中不幸扯掉了半隻耳朵和一些皮肉。他搖搖晃晃地躲避人類的追捕，結果在匆忙之中，不小心跌進湍急的河流裡了。

「親愛的狗熊大人，您怎麼啦？」列那故作驚訝地朝勃倫大叫：「您不是應該正在高興地吃著蜂蜜嗎？怎麼渾身血淋淋地漂蕩在河裡呢？」

勃倫怒瞪著狡猾的列那，沒有多作回應。他受盡了屈辱和痛苦，現在只想浸泡在小河裡，讓流水減輕傷口所造成的疼痛。勃倫就這樣在列那的嘲笑聲中遠遠地漂走了，他飛快地轉動腦袋，思索著該如何向獅王交代。

當獅王看到勃倫傷痕累累地回到皇宮時，驚訝地呆愣在原地。顯然，這位親信的行動失敗了。雖然朝廷大臣們見狀後都默不作聲，但是心裡都非常同情那隻狗熊的遭遇。

勃倫忍著劇痛，將事情的經過告訴了獅王。當然，他隱瞞了自己貪吃誤事的那一部分。獅王聽完他的述說後怒不可遏，他對列那如此殘害自己派去的使者感到十分不滿，同時他也意識到，對付那種狡猾的傢伙，必須找一個更機靈的動物才行。

這時，古杜瓦走上前，向獅王推薦了梯培。腦筋轉得很快的花貓當然知道這是古杜瓦在陷害他，因此生氣地瞪著小狗。

「梯培倒是不錯的人選。」獅王若有所思地說。

梯培可不願蹚混水，因此站出來大聲說：「陛下，我又瘦又小，根本就不是列那的對手！」

「那倒不是問題。」獅王非常有自信地說：「重點是你比列那聰明，所以我相信你絕對可以成功捉拿他的。」

梯培見無法推辭，只好硬著頭皮答應了。一路上，他邁著沉重的步伐，垂頭喪氣地走著。他直覺認為，這次的差事多半不會成功。傍晚時，梯培終於來到了列那的家門前。只見列那正悠閒地坐在門口乘涼，和兩個孩子快樂地嬉戲。

梯培走上前，表情嚴肅地說：「獅王正在審理有關你的多樁案件，並命令你進宮一趟，說明所有事情發生的始末。昨天，你把他派來的使者勃倫弄成那副模樣，恐怕他不會輕易地原諒你。」

「這怎麼能夠怪我呢？是他自己貪嘴，一聽說農場裡有蜂蜜，就沒頭沒腦地闖過去，我攔也攔不住啊！再說，我根本不願意和他那種又笨又懶的動物一起同行。不過和您就不一樣了，您風趣又幽默，和您一起旅行讓我不勝歡欣啊！」列那油腔滑調地說。

「那麼，我們現在就趕緊出發吧！」

「連夜就走？」列那裝出吃驚的樣子，說：「難道您不知道走夜路是一件很危險的事嗎？況且，您遠道而來，也該吃頓豐盛的大餐，好好地休息一下啊！我們還是明天一早再出發吧！」

梯培想了一想，覺得列那的話很有道理。尤其那隻狐狸還說要好好地招待自己，這當然不能拒絕。

「好吧，不過你要請我吃什麼？」梯培好奇地問。

「那還用說，當然是您最喜歡的老鼠囉！」列那說：「這附近有一座非常大的農莊，那裡有一個穀倉，老鼠們經常前去偷取糧食。昨天，我還聽說農場裡的人要想辦法把老鼠消滅乾淨呢！要是我們能夠找到老鼠進出的洞口，您就可以好好地飽餐一頓了。」

列那說的不假，附近農莊的穀倉確實有個小洞，只不過那是他親手挖的。他利用那個洞口，多次從農莊裡偷了許多食物。而且他少說了一點：農莊主人早已發現了小洞，並在那裡設下了機關。

列那帶著梯培來到穀倉，假裝費力地找到洞口，然後說：「瞧，您的運氣多好！現在您只要從這裡鑽進去，就能夠吃到成群的老鼠了。您填飽肚子後，再回來我的住所吧，我會替您鋪好床。」

「不用了，晚上我就睡在穀倉好了。」梯培說。

「那怎麼行！請您到敝舍舒舒服服地過夜吧！」列那真摯地說。

梯培見列那的態度如此誠懇，便放下了戒心。他和列那道別後，就迫不及待地把頭伸進洞口，沒想到立刻被一條繩索勒住了脖子。梯培發出淒厲的慘叫，引來了守候多時的農場主人。

人們拿著棍棒對花貓一陣亂打，結果竟打斷了緊勒著梯培脖子的繩索。梯培連忙趁機縮回腦袋逃之夭夭，總算保住了性命。這次的劫難讓他的一隻眼睛幾乎失明，漂亮的毛皮也毀得一塌糊塗。

當獅王聽完梯培訴說自己的遭遇後，立刻勃然大怒地說：「大膽狂徒！不置他於死地，他不會罷休！來人，立刻將他抓來斬首！」

葛令拜見狀，連忙站出來，自告奮勇地說：「陛下，請您息怒！請再給我一次機會，要是仍然無法將他帶回皇宮，我們可以組織一些精兵強將去

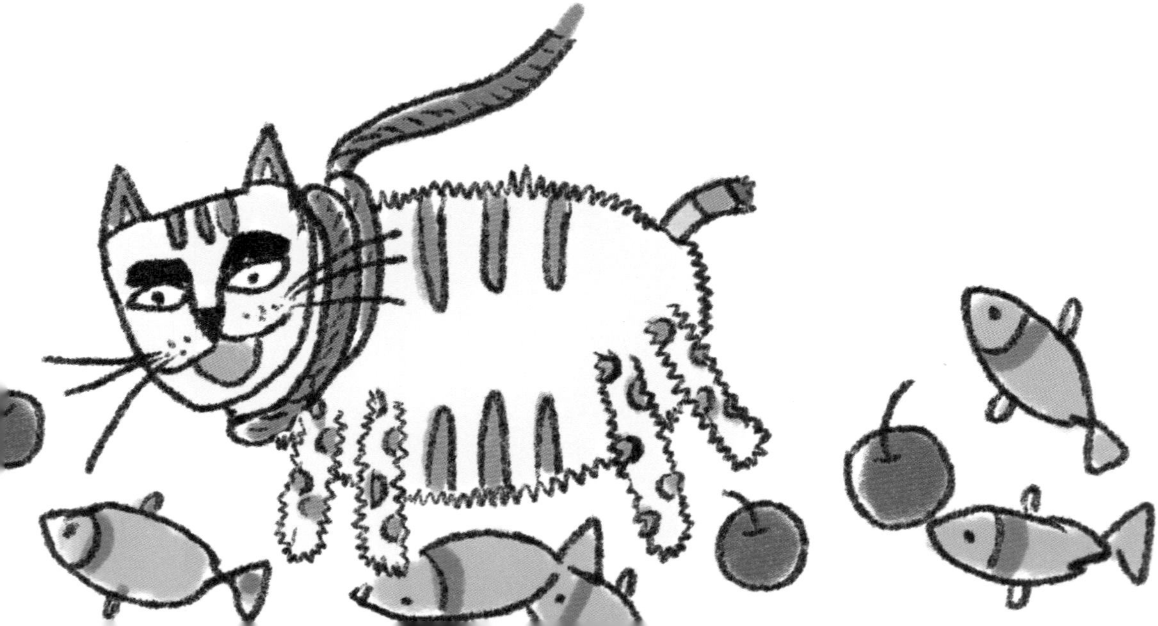

抓他。到那時，再殺他也不遲。」

「好，看在你的份上，我就再給他一次機會！」獅王氣憤地警告：「不過，這可是最後一次了！」

就這樣，葛令拜也踏上了前往馬貝渡的旅程。他馬不停蹄地趕路，終於在天黑前抵達目的地。這時，列那早已關好了門窗，不想再受人打擾。

「親愛的叔叔，請您開門！」葛令拜焦急地大喊：「我是特地前來和您商討一件重要的事！」

列那一聽是葛令拜的聲音，立刻打開門，熱情地迎上前。他知道這個外甥總是站在他這一邊，真心為他著想，因此他打算和葛令拜好好地討論一下，看看事情能否有轉圜的餘地。

「噢，葛令拜，見到你真讓我開心！」列那說：「海梅琳正好準備了幾隻美味的烤鴨，趕快進來和我們一起品嘗吧！」

雖然葛令拜原本的目的是要立即將列那帶回皇宮，但是他實在盛情難卻，況且他也餓得飢腸轆轆，想好好地飽餐一頓，因此就這樣留了下來。烤鴨的味道十分鮮美，讓葛令拜忍不住大大地誇讚了海梅琳一番。吃飽飯後，舅甥倆把手臂擱在桌子上，嚴肅地交談起來。

葛令拜告訴列那目前的局勢：許多貴族向獅王提出了不利於列那的控訴，而且勃倫和梯培又負傷回宮，因此列那這次可能是在劫難逃了。

「舅舅，我認為您應該盡快進宮為自己辯駁。」葛令拜說：「缺席的人總是吃虧，就算您一點錯也沒有，別人也會挑出毛病。而且，您愈晚到那裡，情勢就愈不利。您看，獅王原本相當賞識您，可是現在似乎一心只想把您處死了，所以我們最好立刻出發，路上再商量對策。」

「好吧！」列那點點頭，說：「我了解你的意思，也願意到皇宮去一趟。不過，我們還是先好好休息，養精蓄銳，明天一早再出發吧！」

葛令拜一聽，高興得合不攏嘴，立刻走進列那為他準備好的客房。沒多久，房間裡便傳出豬獾熟睡的鼾聲。

列那見葛令拜睡著了，連忙對海梅琳說：「我明天要趕到朝廷去處理棘手的事情，可能會在那裡待上一段時間。我離開後，你一定要好好照料這個家和我們的孩子。」

「親愛的，你不用擔心，家中的一切就交給我吧！」海梅琳眼眶含淚，哽咽地說：「我相信你一定能夠推翻那些誣告，平安地回到我們身邊。我和孩子們會一直在家等著你回來。」

天才剛亮，列那和葛令拜便出發了。

沉默了好一會兒，列那才緩緩開口：「老實說，我確實有些過錯。我曾和葉森格倫公爵開過幾次玩笑，但他也已經向我復仇過了。況且，受我捉弄的那些動物都是平常欺壓百姓，或對我不友善的傲慢貴族。倘若不讓他們嘗點苦頭，他們是絕對不會悔改的。葛令拜，我並非聖人，但我希望未來能朝這個目標邁進。就算無法成功如願，也立志要成為一位隱士。這一次，要是我能夠逃離被處死的命運，我就要遠離肉食，讓鮮果和野草來洗滌我的靈魂。」

「舅舅，聽到您這樣說，我真是太高興了！」葛令拜欣慰地說：「我相信，獅王聽到這番話，一定會赦免您的！」

就在這時，幾隻母雞冒冒失失地從附近的養雞場裡跑了出來，她們的後面跟著一隻身材精壯的公雞。列那認識那隻公雞，他既魯莽又愛慕虛榮，總是斜眼看其他動物，態度十分傲慢無禮。有一次，他居然還大搖大擺地走進列那家裡，想竊取一些糧食。

列那一時沉不住氣，飛快地撲向公雞，想和他算一算舊帳。不過機靈的公雞早已有防備，因此靈巧地閃過身，逃進樹林裡了。葛令拜見狀十分不滿，認為自己好像受騙了。

「唉，舅舅！」他生氣地大喊：「您剛才還說要改過自新，結果現在竟然做出這種事情！難道您忘記自己的誓言了嗎？」

「葛令拜，我剛才只是一時衝動罷了！」列那急忙解釋：「那傢伙和我有過節，所以我才會如此激動。」

剩下來的旅程沒有再發生什麼事故，或許是列那控制住了自己，也可能是因為路上沒有再出現和列那有仇的動物。

他們走了許久，終於看到了宏偉的皇宮。這時，列那不由得感到緊張起來，因為他就要面對那些宿敵的攻擊了。

究竟他該怎麼做，才能擺脫眼前的困境呢？

第七章 生死決鬥

葛令拜帶回列那的消息傳到了朝廷，大家立刻爭先恐後地聚集到皇宮，想親眼看看列那的下場。

不過，列那並沒有因為看到眾多敵人在場而嚇得渾身發抖。相反地，他抬頭挺胸地走到獅王和獅后的面前，恭敬地向他們行禮，然後說：「尊敬的陛下，我原本想早一點來拜見您，可是突如其來的重病耽誤了我的行程。昨晚，我親愛的外甥葛令拜告訴我，有許多動物在您的面前告我的狀。我可以向您保證，他們的誣陷全部都是出於對我的嫉妒。對此，我打算澄清事實，以表清白。」

「哼！關於你犯罪的事實已經證據確鑿，難道你還想抵賴？列那，我不想聽你的花言巧語。現在，我想要了解事情的真相。」獅王嚴厲地說。

「我的忠誠絕非是空口說白話，還請陛下明察。」列那誠懇地說。

「可是我在你所謂的忠誠裡，卻絲毫看不出尊敬和服從！」獅王大吼：「前兩日，我派了勃倫和梯培去把你帶來皇宮。你瞧，他們變成了什麼樣子！難道你不應該為此負起全部的責任嗎？」

「陛下，冤枉啊！您遠在朝廷，因此不了解當時的情況。如果您想公正處理此事，就先聽聽我的申訴吧！」列那激動地說：「我只是想盡地主之誼，才請勃倫大人去吃蜂蜜，結果他太貪心，幾乎把脖子以上的部位都塞進樹幹的洞穴，害得自己卡在那裡動彈不得。這難道要由我承擔責任嗎？

「至於梯培伯爵，我對他的招待可算是禮貌周到。我不僅邀請他共進晚餐，還替他鋪了鬆軟的床鋪，可是他偏偏貪吃農莊穀倉裡的老鼠，結果慘遭人們毒打一頓，這絕對不能算是我的過錯！陛下，對他們倆來說，『貪嘴』就是惹禍上身的根源。我又有什麼辦法呢？」

列那的辯白打動了獅后，她將自己的意見告訴獅王，於是獅王的態度也漸漸緩和了下來。

「好，那我要聽聽你對其他事件的解釋。」獅王繼續追問：「控訴你的人難以計數，我們就從葉森格倫開始吧！」

「葉森格倫公爵？」列那故作驚訝地大叫：「陛下，您千萬不能相信那個陰險的騙子！雖然我們沒有血緣關係，但是我一直尊敬地稱他為舅舅！如果您一定要依據那些捏造的證據判處我死刑，那麼請讓我在臨死之前，和葉森格倫公爵進行決鬥！我不能忍受像他那樣的小人繼續陪伴在您左右！」

「好，我同意。」獅王說：「不過，控告你的案子還有很多，例如白頰鳥美尚子、烏鴉田斯令、小鳥特洛伊、麻雀特露恩、小狗古杜瓦等。最後一個控告你的是公雞尚特克雷，他說你假借我的名義，殘忍地殺害了他的孩子，以及他妻子的妹妹柯珀。她的墳墓就在那裡，你必須老老實實地交代！」

「陛下，老實說，我天生就喜歡將雞作為食物，這我也沒辦法啊！」列那認真地說：「我喜歡他們鮮嫩肥美的肉，也喜歡用他們的小骨頭磨牙。不過，我討厭他們傲慢的樣子，每當雞群稍微聽到一點兒風吹草動，就會大聲發出尖叫，嚇壞其他在場的動物。尤其是尚特克雷伯爵，他平日自視甚高、目中無人，經常拿我取得爵位的事情冷嘲熱諷，因此我一看到他，就會忍不住想將他吞進肚子裡。陛下，我認為用這種理由來指控我，是非常不公平的！

「至於其他動物，我不過是利用他們各自的劣根性來捉弄他們罷了。陛下，您應該知道，那些貴族仰賴自身的權力，欺壓無辜百姓們的事吧？我所做的那些事，都只是想為底層的人民報仇。另外，葉森格倫公爵為了釣鰻魚，整夜守在結冰的池塘上，結果被獵人不幸砍斷尾巴，這是我的錯嗎？他要是不那麼貪婪，就不會發生那件悲劇了。還有梯培伯爵，我為他支撐箱蓋，讓他舒服地品嘗牛奶，結果他竟忘了先前許下的承諾，故意不讓我分一杯羹，因此我才一氣之下關上蓋子，不小心夾斷了他的尾巴。陛下，那些陰險的小人都沒有向您全盤托出實情，對吧？」

他繼續說：「伯爵特洛伊的妻子愛爾蒙特為了查看我是否還有氣息，險些把我的眼睛啄瞎，難道我應該容忍她這麼做嗎？還有，我的兒子只不過想向您的親信蘭姆討一顆櫻桃吃，結果蘭姆卻豎起耳朵刺向他，差點置他於死地。難道身為父親的我，不應該站出來保護兒子嗎？」

列那振振有詞地說完後，獅王和獅后小聲地交換了意見。其他動物也紛紛交頭接耳，深怕情勢會就此逆轉。

這時，葉森格倫忍不住走上前，對獅王說：「陛下，您千萬不要相信他的胡言亂語！哪一個罪人不力圖把自己描述成聖人？我們這群臣子正是因為聽信他的花言巧語，才會被耍得團團轉，請您一定要小心啊！」

「大膽！」獅王怒氣沖沖地轉過身喝斥：「難道我還需要讓你來教我如何分辨是非對錯嗎？莫非你認為我是個昏庸無能的君王？」

葉森格倫嚇得閉緊嘴巴，不敢再多說一句。

「既然你們倆各執一詞，互不相讓，那我就採用列那的提議，用決鬥來平息你們之間的紛爭。」獅王大聲地宣布：「至於列那和其他動物的糾紛，我會等決鬥完後再做判決。」

狼與狐狸的決鬥馬上就要開始了，動物們紛紛前來觀戰。

葉森格倫出場了，他看起來精神飽滿、全副武裝，一副勝券在握的模樣；列那則把頭髮剃得精光，露出光溜溜的腦袋，因為他想暗示大家自己是以智取勝，而不是憑藉蠻力。

葉森格倫非常看不起他的對手，並認為這次可是千載難逢的好機會，不僅可以在獅王面前好好表現、重新贏得賞識，又能夠趁機將多年來的眼中釘除掉。列那當然知道自己的力氣無法與葉森格倫相比，因此他飛快地轉動腦袋，打算用計拿下勝利。

正當他們倆各懷鬼胎、摩拳擦掌的時候，裁判宣布決鬥開始。

葉森格倫率先發動攻勢，狠狠地朝列那撲過去，試圖將他翻倒在地。然而列那早有防備，他靈巧地一躲，讓葉森格倫撲了個空，摔得眼冒金星。接著，列那連忙抓住機會騎到葉森格倫身上，用拳頭對他的頭部進行猛烈攻擊，打得他哀號不斷。

列那明顯占了上風，他洋洋得意地對葉森格倫說：「親愛的舅舅，您現在知道正義是站在我這邊的了吧！」

「哼！我一定會扳倒你，你等著瞧！」葉森格倫怒吼。

列那聽到這番話後很不高興，便猛地抓起一把沙子，撒向葉森格倫的眼睛。老狼猝不及防，連忙用手摀住雙眼，痛苦地倒在地上。列那逮住機會，又給了葉森格倫好幾拳。

眼看列那就要勝利了，他揮起拳頭，對準葉森格倫的頭部狠狠砸去，想要來個致命的一擊，沒想到拳頭一偏，居然滑進了老狼的嘴裡！

這下子，輪到葉森格倫發威了。他緊緊咬住列那的拳頭不放，疼得列那直跳腳。眼

看再撐下去就要失去賴以為生的手了，列那只好不情願地認輸。

獅王看到決鬥的結果後並不驚訝，只是冷冷地說了一句：「他們的糾紛已經解決了，那麼開始審理下一個案件吧！」

其實，獅王並不想處決列那。在他看來，雖然列那確實犯了錯，但並不是所有的責任都在他身上。可是其他大臣並不這麼認為，除了葛令拜之外，大家都痛恨列那，紛紛奏請獅王判處列那死刑。

死到臨頭的列那表現得十分鎮定，默默地注視著那些貴族醜陋的嘴臉。忽然間，他感覺到有個東西輕輕碰了他一下，於是低頭一看，發現原來是老鼠波勒。他經常仗著自己深受獅王喜愛，在外頭作威作福，讓列那十分看不慣。

「列那，聽說你很快就要被處死了！」波勒滿不在乎地說。

「但是他們還沒取走我的性命呢！」列那大聲說。

「你有逃脫的辦法嗎？」波勒好奇地問。

「噓！這是祕密！你把耳朵靠過來，我就告訴你。」列那故弄玄虛地說。

波勒毫不猶豫地走到列那的身旁，結果列那立刻伸出利爪，一下子就把老鼠掐死了。禿鷹莫夫拉正巧撞見了這殘忍的一幕，於是馬上尖叫著通知其他動物。當大家趕到案發現場時，列那正津津有味地啃著波勒的骨頭。

列那的舉動讓朝廷大臣們的憤怒來到最高點，就連原本想赦免他的獅王也看不下去，一邊伸出因為激動而顫抖的手指，一邊大聲咆哮：「來人啊，快把這個喪心病狂的殺人魔帶走，立刻送上絞刑架！」

列那的仇人們樂壞了，尤其是葉森格倫，他立刻到附近的森林，尋找適合作為絞刑架的大樹；勃倫也迫不及待地說要在行刑時，擔任劊子手的角色；梯培則因為身手矯健，所以被大家舉薦執行繫絞索的重要任務。

他們三個費了好大的工夫，終於做出了一個像樣的絞刑架。接著，他們和一些前來看列那受刑的大臣，一起在大樹下等著犯人的到來。可是，大夥兒等了許久，皇宮那裡還是沒有任何動靜。

就在這時，田斯令匆忙地飛過來，大喊：「不好了！列那重新得寵了！」

「這究竟是怎麼回事？」葉森格倫氣急敗壞地問。

「我也不清楚詳細情況，總之我看見獅王親暱地摟著列那的肩膀走來走去，獅后也待他非常親切。依我看，他絕對是重新獲得寵愛了！大家還是趕緊回家，免得遭受列那的反擊！」

諸位大臣一聽，立刻一哄而散，匆忙逃回家去了。

原來，列那在前往絞刑架之前，向獅王請求對神父倍令留下遺言。獅王見列那的態度相當誠懇，便答應了。

「我要把我保管的寶藏留給我的妻兒。」列那故意提高嗓門說：「本來我想把那些金銀財寶全數獻給陛下，讓它們得到妥善的利用，但是現在我就要死了，孩子們的年紀都還小，我不得不為他們做打算……」

「等一等，什麼寶藏？」獅王好奇地問。

「陛下，我若是說出寶藏的事情，會連累到許多人的，請您就別再問了。」列那虛情假意地說。

「連累誰？」獅王追問。

「我的父親，以及其他貴族。」列那緩緩地說：「長期以來，我一直背負著這個沉重的祕密，並暗中保護陛下不受那些陰謀的傷害。」

「是誰策劃這一切？」獅王嚴肅地問。

「是我的父親。」列那假裝沉痛地說：「他在發現了那筆金銀財寶之後變得十分高傲，並企圖密謀造反，奪走您的王位。他打算聯合朝廷內的一些大臣害死您，然後推選一位可以任由他操控的新國王。新王的人選就是那個您所信任的勃倫，葉森格倫和梯培則是暗地跟隨他，妄想從中圖利的小嘍囉。」

「當我偶然得知這個恐怖的祕密時，我承認自己害怕極了，然而良心告訴我必須拯救我的國家和國王，以及挽救家庭的聲譽。我思來想去，最好的辦法就是切斷他們的經濟來源。於是，我連夜偷偷跟蹤我的父親，發現了他們埋藏寶藏的地方，並悄悄地將那些寶物轉移到別處。

「後來，那些傢伙因為失去金援而放棄行動，但他們彼此責難、猜忌，都認為一定是有人獨吞了那筆財富。不久之後，我父親就被發現在一棵樹上自盡了。誰也不知道他究竟是畏罪自殺，還是遭同夥報復。可憐的父親就這樣因我而死，雖然我非常痛苦，但只要一想到自己拯救了陛下的性命，心裡就寬慰不少。」

聽完列那的說詞，獅王有些半信半疑地說：「我要如何相信你說的話呢？你能告訴我寶藏的地點，讓我去證實一下嗎？」

「當然可以。」列那面露難色地說：「不過，由於您決意判處我死刑，因此我想將財寶留給我的家人，好讓他們不必為了生活擔憂。」

「親愛的列那，其實我一直都不想將你處死啊！」獅王突然轉變態度，殷切地說：「我受了那些奸臣的鼓吹，才一時昏了頭做出那個違背我心意的決定。況且，你剛才那番話裡所表現出的忠誠，足以赦免你所有的罪行。」

獅后也在一旁點點頭，表示同意。

「列那，我在此宣布赦免你的罪！」獅王站起身，充滿威嚴地說：「現在，你就放心地告訴我寶藏的位置吧！」

「陛下，謝謝您！」列那高興地說：「不過，我們應該慎重行事。要是我在大庭廣眾下說出來，大家肯定會跑去搶奪寶藏。為了安全起見，我認為這件事愈少動物知道愈好。我想，您派三位臣子和我去取回寶藏就行了。」

於是，獅王慎重地思考過後，決定派神父公羊倍令、兔子蘭姆和公驢伯納，跟隨列那一起去拿回財寶，並要他們用麻布袋將寶物裝回來。

第八章　圍攻馬貝渡

四名大臣辭別了獅王之後，便開始匆匆忙忙地趕路。一方面他們想早點交差了事，另一方面他們不想在月黑風高的夜晚待在外頭，尤其是膽小的兔子蘭姆，更加不喜歡深夜在外逗留。所有動物當中，就只有列那習慣在夜間行動，況且他才剛逃過一劫，精神簡直好得不得了。

夜色愈來愈濃，這時倍令突然停下腳步，說：「我實在是太睏了，沒辦法再繼續走下去了。」

「那麼，我們到那棵大樹下過夜吧！」列那指著前方說：「您瞧，那裡還有您喜歡吃的嫩草。」

「不行。」倍令搖搖頭說：「我不敢露宿街頭。」

伯納和蘭姆也都拚命點頭，表示贊同。

「讓我想想……」列那突然眼睛一亮，說：「前面不就是葉森格倫的弟弟普里摩的家嗎？我們去那裡打擾一晚吧！」

但是其他三位仍有些遲疑，畢竟那是狼的家。

「放心吧，我都不怕了，你們怕什麼！」列那聳聳肩說：「更何況你們都是獅王的親信，他不敢對你們下手的。」

「好吧！」伯納無奈地點點頭，在一旁附和：「和熟悉的狼在一起，總比和野外的狼打交道來得好。」

於是，四隻動物一起來到普里摩的家。他們見門半掩著，家裡空無一人，便直接走進屋內，並小心翼翼地把門鎖好。

大家在普里摩家的儲藏室裡發現了許多食物，於是飢腸轆轆的他們立刻敞開肚子大吃一頓，把普里摩精心儲備的糧食吃了個精光。吃飽喝足之後，大夥兒還大聲地唱起歌，氣氛十分熱絡。

不久，普里摩夫婦回來了。他們從老遠的地方就感覺到家裡有些不對勁，不僅亮著燈，還傳出許多動物大聲歌唱的聲音。當他們走近屋子的時候，普里摩聽出其中一個是列那的聲音。

「開門！快開門！」普里摩暴躁地說：「列那，你們沒有經過我的同意，就擅闖我的家，看我怎麼收拾你們！」

「我們完蛋了！」蘭姆嚇得臉色鐵青，小聲地呻吟。

倍令和伯納也一樣驚慌失措，不知該如何是好。

這時，列那鎮定地說：「只要你們配合我，我們就能度過難關。」

「要怎麼做？」三個傢伙異口同聲地問。

「等我一把門打開，普里摩探頭進來，伯納先生就立刻死死地頂住大門；接著，神父倍令再用羊角用力地壓住他的脖子。」

一切都照列那的計畫順利進行，普里摩就這樣活活地被壓死了。普里摩的妻子見丈夫慘死，連忙忍著悲痛跑去搬救兵。

列那等人趁機溜走，可是他們才逃跑沒多久，一群可怕的狼就已經在前方不遠處堵住了去路。情急之下，蘭姆躲進樹洞，列那迅速鑽進了灌木叢，兩隻動物一下子就不見蹤影。伯納和倍令既塞不進洞口，奔馳的速度也不快，因此他們只能賣力地爬上樹，躲避敵人的追捕。

不一會兒，狼群來到了驢子和山羊躲藏的大樹下，他們四處搜索，卻沒發覺獵物就在頭頂上。就在大夥兒待在樹下，商討對策時，伯納為了讓自己躲得舒服一點而挪動身子，結果不小心掉下去，壓死了兩匹狼。倍令失去了伙伴的支撐，也從樹上墜落，壓死了另一隻狼。原本氣勢凌人的狼群，見同伴接連被不知名的物體攻擊，連忙四散逃跑了。

經過這場驚心動魄的追捕之後，伯納向大家辭行，表示再也不願意繼續這種冒險行動了。倍令和蘭姆雖然也驚魂未定，但他們不敢違抗聖旨，只能硬著頭皮跟隨列那去取回寶藏。

天快亮的時候，他們三個終於抵達了馬貝渡城堡。

海梅琳原本已做好最壞的打算，現在一看到列那平安歸來，立刻緊緊抱住丈夫，流下激動的淚水。列那的三個孩子也蹦蹦跳跳地跑到父親身邊，開心得手舞足蹈。海梅琳見還有賓客來訪，連忙擦乾眼淚，熱情地招呼大家進屋。

「不好意思，我還是待在外面好了。」倍令委婉地說：「昨晚的遭遇讓我有些頭昏腦脹，因此我打算在外頭吹風醒腦。」

「沒關係，我們可以在戶外用餐，海梅琳會張羅好一切的。」接著，列那轉過身對兔子說：「蘭姆先生，您先和我去查看寶藏，順便挑選幾件帶回去呈給獅王吧！」

蘭姆絲毫沒有起疑，隨著列那走進屋內。

「瞧！我為你們帶來多麼豐盛的早餐啊！」列那開心地對孩子們說。

天真的蘭姆四處打量，想看看列那究竟為那三個小傢伙準備了什麼美食。就在這時，列那的尖嘴迅速伸向蘭姆，一口將他咬死了。那隻傻乎乎的兔子直到死了才明白，原來狐狸的早餐就是他啊！

接著，列那俐落地砍下蘭姆的頭顱，並將它裝進獅王提供的麻布袋裡。他用繩子把袋口束緊，然後在封口處蓋上一個鉛印。這時候，勤快的海梅琳已經跑到廚房去烹調兔子肉了。

過了一會兒，海梅琳端著熱騰騰的餐點上桌了。列那熱情地對倍令說：「我們先開動吧！蘭姆先生說他太累了，要再休息一下。」

大夥兒一同享用了豐盛的早餐。倍令為了哄孩子們開心，便向他們講述了昨晚的刺激歷險，三隻小狐狸和海梅琳都聽得津津有味，氣氛十分熱絡。時間一分一秒地流逝，當倍令想起自己尚有任務在身時，太陽已經快要下山了，於是他連忙請列那把獅王想要的東西交給他。

列那回到屋裡，把麻布袋交給倍令，然後說：「喏，就是這個。蘭姆先生親眼看著我將寶物裝進去的。不過，他想要留下來吃點東西，因此請您先拿著財寶出發。他說他跑步的速度很快，保證會和您同時抵達皇宮。」

「袋子裡面裝的是什麼啊？」倍令問。

「一些非常珍貴的寶藏，獅王一定會喜歡的。」列那說：「對了，這對您來說可是一次表現的好機會。我建議您向獅王說這次的事情完全是您的主張，而我只是聽命行事罷了，如此一來，獅王肯定會更加看重您。不過，您千萬不能在半途中打開麻布袋，否則要是弄丟寶物，我可不負責。」

「我知道了，一切就包在我身上。」倍令胸有成竹地說。

倍令向列那一家告別後，就馬不停蹄地趕回皇宮了。

另一方面，獅王和獅后正在皇宮裡，焦急地等待使臣的歸來。獅后焦躁地走來走去，顯然非常關切寶物的下落。這時，待在城樓上的蝸牛泰爾迪夫遠遠地望見倍令的身影，立刻前來向獅王和獅后稟報。他們倆一聽，高興得差點衝出去迎接。幸虧泰爾迪夫提醒這麼做有失尊嚴，他們才冷靜地回到各自的寶座。

不一會兒，倍令氣喘吁吁地走進宮殿。他向獅王和獅后恭敬地行禮，然後把麻布袋呈了上去。

「伯納和蘭姆呢？」獅王接過袋子時問。

「伯納在途中受了點驚嚇，所以先回去了。另外我出發時，蘭姆還在列那家休息，應該等會兒就抵達這裡了。」

倍令一想到自己可以獨吞功勞，便洋洋得意地繼續說：「陛下，這次的任務完全就是照我的意思辦的。我為此費了不少心思，還望您能滿意！」

倍令還想為自己美言幾句，可是獅王已經迫不及待地解下繩子，打開了麻布袋。當他拿出袋子裡的頭顱時，不由得嚇得倒抽一口氣，獅后則頓時暈倒在地。

可憐的倍令呆若木雞地站在一旁，完全不知道這是怎麼一回事。

「這就是列那交給你的寶物嗎？」獅王怒吼。

「是的……陛下。」倍令支支吾吾地說。

「你說這一切都是照你的意思去做的，所以是你指使他殺死蘭姆嗎？」獅王憤怒地對山羊咆哮。

「不是的！這……我……」倍令張口結舌，無法替自己辯解。最後，在獅王的要求下，他還是結結巴巴地把事情的經過敘述了一遍。他不敢撒謊，唯恐獅王聽出什麼破綻。

獅王雖然非常生氣，但是他並不糊塗，他知道自己應該相信誰的話。那隻殘忍的狐狸利用別人的信任，不僅殺害了蘭姆，還愚弄了可憐的倍令，讓他提著蘭姆的腦袋前來晉見。他犯下令人髮指的罪行，按照律法應當立即處死。可是，寶藏該怎麼辦呢？想到這裡，獅王有些猶豫了。

獅王不敢拿這件事情與大臣們商量，因為他知道只會得到一種回答：處死列那！但要是那麼做，寶藏就會跟著列那一起進到墳墓裡。

經過一番深思熟慮之後，獅王終於下定決心，大聲地宣布：「立刻攻打馬貝渡，讓列那把事情講清楚！」

其實，獅王所說的話包含了兩個含意，列那需要說明的不僅僅是他的罪行，更重要的是那筆寶藏的藏身之處。

獅王一下達命令，朝廷上下立刻沸騰了起來，大臣們紛紛自願加入攻打馬貝渡的行列。大家想像著把列那趕出城堡的情景，內心感到十分痛快！

很快地，一切都準備妥當了。第二天一早，獅王便率領大軍，浩浩蕩蕩地出發了。重新得寵的葉森格倫、勃倫和梯培伴隨在獅王左右，倍令則戰戰兢兢地跟在他們的身後。緊接著是獅后和其他幾位大臣，大將軍公牛布呂和公馬費朗並肩前進，走在隊伍的最後面保護大家。

不過，列那早已得到了消息。他將在外頭玩耍的孩子們叫進屋裡，然後牢牢地關上城堡大門。其實列那一點也不擔心，因為家裡的糧食非常充足，地底下還有曲折的祕密通道，萬一軍隊真的攻破城門，他們一家還能夠偷偷地從地道溜出去，躲避敵人的追捕。

當獅王的部隊來到馬貝渡城堡時，列那正悠閒地和孩子們玩遊戲，海梅琳則在廚房準備飯菜，畫面十分溫馨，一點也不像大難臨頭的樣子。

經過一番縝密的觀察之後，獅王知道列那已經做好了充分的準備，強行進攻絕對不是上策，因此他命令大軍包圍整座城堡，準備來一場持久戰。他想，像列那那樣生活多采多姿的動物，肯定無法長時間忍受枯燥乏味的日子。總有一天，他一定會認命地走出來的。就這樣，雙方僵持了好幾天，可是城堡內一點動靜也沒有。

一天晚上，大軍首次發動了猛烈的攻擊，然而卻毫無成果。當晚，累壞的士兵們全都沉沉地睡著了。列那見機會來臨，便帶著孩子們走出城堡，悄悄地將那些睡得不省人事的兵將綑綁在樹幹上。

天亮了，當獅王和他的隨從們睜開眼睛時，看到列那就站在他們的面前。大夥兒立刻起身想撲過去，卻發現自己已經無法動彈了。

就在這時，列那緩緩地開口說：「陛下，請原諒我用這種粗暴的方式對待你們，我這麼做只是為了創造出一個和大家心平氣和交談的機會。老實說，我真不明白您為何要率兵來攻打我。我忠心耿耿地將那些財寶獻給了您，難道您還不滿意嗎？」

「你這個無恥的傢伙，居然還敢裝傻！」獅王怒吼：「你殺死了蘭姆，難道還想狡辯嗎？」

「陛下，您一定要為我做主啊！」倍令在一旁哭喊。

「蘭姆先生？他不是應該和神父倍令待在一起嗎？」列那反問那隻可憐的山羊：「當天，您帶著那個裝滿寶物的麻布袋離開後沒多久，蘭姆先生就出發前往皇宮了。難道您沒有在路上碰見他嗎？」

「你……你胡說！」倍令氣得渾身發抖。

「陛下，您究竟為什麼要這樣對我呢？」列那假裝沉痛地說：「難道您覺得那些寶物不夠珍貴，所以才如此刁難我嗎？」

雖然獅王稍微地被列那的誠懇態度打動，但他仍舊鎮定地說：「我根本沒看見你說的寶物，只在麻布袋裡發現蘭姆的腦袋！一定是你將可憐的蘭姆殺害後，再讓不知情的倍令帶回來給我，你實在是太殘忍了！」

「陛下，這一定是神父倍令捏造出來的謊言！」列那激動地反駁：「難道您不覺得奇怪嗎？為什麼我只殺了蘭姆先生？要是我也將神父倍令除掉，不是更加省事嗎？事實上，神父倍令殺害了蘭姆先生，又私吞了那些寶物，然後他為了洗脫罪名，便撒謊將一切嫁禍於我。神父倍令，您才是真正的卑鄙小人！」

膽小的倍令被列那的一席話嚇得臉色慘白，什麼話也說不出來。獅王推斷了一下列那的邏輯，覺得頗為合理。再說，他最關心的並非誰是真正的凶手，而是那些價值連城的寶藏。

就在獅王琢磨著該如何解決紛爭時，泰迪爾夫偷偷地替將士們解開了繩子。

原來列那在綁人的時候，不小心遺漏獅王那位矮小的親信了。剎那間，恢復自由的士兵們全都圍了過來，準備給列那致命的一擊。

這時，獅王做了個手勢，命令大家放下武器，因為他已經不再肯定列那就是殺死蘭姆的凶手了。況且，他還想知道寶藏的下落，於是冷靜地對大家說：「好了，我宣布從現在起，停止對馬貝渡城堡的攻擊，大家立刻回宮，恢復日常的工作！至於蘭姆一案，我一定會全力查明真相，還給他一個公道！」

將士們雖然非常不滿，但也只能垂頭喪氣地收拾裝備，準備回宮。

就在這個時候，列那感慨地說：「唉！這些無端的構陷簡直傷透了我的心！看來，這裡已經沒有我的容身之處了。我決定到羅馬朝拜，祈求神的保佑，贖清我所有的罪過。」

這番話感動了獅王，他將對寶藏的貪念拋諸腦後，和藹地對列那說：「如果你真心這麼想，那就太好了！我一定會為你祈禱，祝福你旅途順利。」

接著，獅王大聲地對全體隨從說：「諸位，列那已經改過自新，並決定到羅馬朝聖。因此，大家把過去的事情統統忘記，和列那言歸於好吧！我希望從此以後，你們能夠和他和睦相處。對於一個虔誠的信徒，我們應該寬容地對待他，並滿足他所有的需求。列那，你有什麼需要，就儘管說出來吧！」

「既然陛下這麼說，那我就不客氣了。」列那高興地說：「我需要一個用勃倫大人的皮製成的厚實背包，以及葉森格倫公爵腳上的那雙天然皮靴。」

在獅王的催促下，列那很快就得到了他想要的東西。為了表示感謝，列那假惺惺地說：「親愛的勃倫大人和葉森格倫公爵，我一定會好好使用你們的禮物！有了這些東西，我肯定能順利抵達羅馬，實現朝聖的心願。」

兩名受害者氣得七竅生煙，但又不好在獅王面前發作，只好在心裡默默詛咒那隻陰險的狐狸。至於梯培，他早已料到要是列那見到自己在場，肯定會使出可怕的詭計，因此已經悄悄地溜走了。

最後，獅王忍不住走上前緊緊抱住列那，滿臉不捨地和他告別。除了勃倫和葉森格倫之外，其他大臣也爭相來和列那擁抱，以示自己的忠誠。狐狸被抱得幾乎喘不過氣來，只好連忙說要立刻出發去羅馬，才從眾人的懷抱裡掙脫。

列那當然沒有真的到羅馬去，他只是到遠方的堂兄家避人耳目。雖然列那在親戚家不愁吃穿，但他還是渴望回到自己溫暖的家。一天，他終於決定回到馬貝渡城堡，和妻兒們重逢。

當他來到馬貝渡附近時，正好碰到了葛令拜。不過，由於列那渾身沾滿了塵土，身上又背著一把破舊的吉他，因此葛令拜並沒有認出他，反而將他當成了一位浪跡天涯的賣唱藝人。熱情的葛令拜一見到列那，立刻邀請他到海梅琳和一隻叫彭賽的年輕狐狸的婚禮演唱。

聽到海梅琳改嫁的消息令列那大受打擊，他實在無法相信陪伴自己多年的妻子會做出這種事情，於是他答應了葛令拜的邀約，打算親自到婚禮現場看看究竟是怎麼一回事。

婚禮就在當天晚上舉行，列那就像一個真正的賣唱藝人那樣站在角落裡，賣力地唱著歌，就連海梅琳和他的三個孩子都沒有認出他來。

等到婚禮快結束的時候，新郎彭賽離開了座位，準備到外面透透氣。彭賽今天不但抱得一位美嬌娘，婚禮也進行得非常順利，所以他高興得多喝了幾杯，神智有些恍惚。

就在他跨出門檻的時候，彭賽遇見了賣唱歌手列那，他熱情地與列那擁抱，表達自己的感謝之意。這個舉動令列那十分反感，他甚至有股想伸手掐死那個狂妄年輕人的衝動，不過最後他還是忍住了。

「您現在是要去聖女墳前守夜吧？」列那問。

「聖女墳？那是什麼東西？」彭賽聳聳肩說：「我只不過是因為感到有些頭昏腦脹，想到外面來呼吸新鮮空氣罷了。」

列那故意裝出吃驚的樣子，大聲嚷嚷：「難道您的親朋好友沒有和您說嗎？這可是婚禮中不可或缺的一個儀式，而且關係著您一生的幸福！」

彭賽一聽，立刻焦急地詢問：「天啊！他們居然什麼也沒告訴我！我現在還能挽救嗎？對婚事會有影響嗎？」

列那不疾不徐地回答：「放心，您還有時間挽救！只要您趕在凌晨十二點以前抵達聖女墳，然後誠心誠意地守在那裡一整夜，祈求婚姻生活幸福美滿，願望就會神奇地實現。」

「那麼，聖女墳在哪裡呢？」彭賽認真地問。

「我正好要到那附近去，您就和我一起走吧！」

於是，列那就領著彭賽緩緩前進。那隻年輕的狐狸因為喝多了酒，所以一路上講個不停。他還向列那說起了這樁婚事：海梅琳的前夫列那到羅馬朝聖，結果從此音訊全無。某一天，駱駝包胥從遠方帶來了一個壞消息，他說自己親眼看見列那在沙漠裡得了重病，沒多久就撒手人寰了。起初，海梅琳傷心欲絕，後來隨著時間的流逝，悲痛也就減少了一些，而且她的小兒子布朗士變得愈來愈調皮，她實在非常需要一個男人來幫忙管教孩子。

葛令拜聽聞後，便向海梅琳提起了這樁婚事。海梅琳原先非常猶豫，可是她考慮到自己畢竟還年輕，還有很長的日子要過，孩子們也還小，自己真的很難獨自撐起這個家，因此她最終還是同意嫁給了彭賽。

彭賽說完後，激動地抓住列那的手，說：「如果海梅琳今天還惦記著她的前夫，那麼我保證她明天就會將那隻老狐狸拋在腦後了，因為我一定會帶給她更多的幸福！」

列那默不作聲，此時他已經下定決心要將彭賽送上黃泉路了。他們倆走了許久，終於看到不遠處出現了一座墳墓。

列那指著那座墳，對彭賽說：「就是那裡！您快去祈求您所追求的幸福吧，祂會保佑您的。」

「我該怎麼做呢？」彭賽天真地問。

「您只要挺直身子站立在墳前，然後雙手合十，虔誠地禱告就好了。不過，要整晚保持這個姿勢很不容易。不如我來幫您用繩子把雙手綁起來，然後將繩索繫在樹上，這樣您就可以輕鬆地維持姿勢了。」列那熱心地提議。

「可是儀式結束後，我該怎麼解開繩子呢？」彭賽問。

「放心，我會在附近等您。天亮的時候，再過來替您鬆綁。」列那說。

「噢，真是太感謝你了！」彭賽真誠地說：「我的朋友們只知道飲酒狂歡，竟然忘了把這麼重要的事情告訴我。幸好有你這樣的好心人幫了我一把，從今以後，你就是我最好的朋友！」

列那沒有回應對方的話，只是用力地將彭賽的雙手綁起來，然後把繩子繫在大樹上。接著，他就離開那裡，到別的地方去了。

天亮的時候，一群獵人正好來到聖女墳附近打獵，他們一看到那隻吊在樹上的年輕狐狸，就立刻一槍將牠打死了。可憐的彭賽祈求了一晚的幸福，結果終究還是沒有降臨。

列那離開彭賽之後，並沒有直接回到馬貝渡城堡，而是跑去河邊認真地梳洗了一番。等他恢復原本英姿煥發的模樣之後，才興高采烈地飛奔回家。他激動地敲了敲門，過了一會兒，他終於聽見自己朝思暮想的聲音。

「請問是哪位？」海梅琳語帶疲倦地問。

「是我，我從羅馬回來了。」列那微笑著回答。

海梅琳頓時發出一聲驚叫，她迅速拉開門栓，打開大門。

「列那！我不是在做夢吧？」她緊緊抱住丈夫，流下感動的淚水。

後來，海梅琳懷著歉疚的心情，將列那離開後所發生的事情敘述了一遍。然而列那並沒有責怪她，他只是溫柔地許諾說，以後再也不會離開她了。

三個孩子們醒來時，發現許久未見的父親居然活生生地站在他們的床邊，都高興得又叫又跳。就這樣，經過一番波折後，列那終於回到溫暖的家，重回家人們的懷抱。

第九章　列那之死

列那回來已經有一段時間了，雖然他在家裡衣食無虞，但他實在無法忍受閒得發慌的生活，因此他考慮是否該進宮面見獅王。

某天，他到一個離馬貝渡很遠的地方遊樂，忽然間，他看見獅王正坐在一棵大樹下打瞌睡。離獅王不遠的地方，有一些樵夫正在忙著捆柴。列那靜靜地待在一旁，思索著接下來該怎麼做。就在這時，樵夫們一個一個地放下手邊的工作，準備回村莊吃午飯。

等樵夫全部離開後，列那連忙走過去拿起一條繩子，然後躡手躡腳地將獅王綑綁在樹幹上。接著，他溜回剛才躲藏的地方，等待「解救獅王」的時機。過了一會兒，一位樵夫走了過來，他看見大樹下的獅子，立刻發出一聲淒厲的尖叫，然後嚇得落荒而逃。

列那與世長辭
!!

熟睡中的獅王被突如其來的喊叫聲驚醒，他想起身離開，卻發現自己動彈不得。正當獅王慌亂地扭動著身體的時候，列那突然出現在他的眼前。這時，獅王像發現了救命稻草似地大叫：「列那，你回來啦？你來得正好，快過來替我把繩子解開，否則我就要餓死在這裡啦！」

可是，列那卻裝出吃驚的樣子，準備拔腿就跑。臨走前，他對獅王說：「陛下，現在有許多獵犬追趕在我的身後，我的處境比您還要危險啊！為了我的妻兒著想，我得先離開這裡了，請您原諒我！」

「列那，你不能就這樣把我扔在這裡啊！」獅王哀求。

「陛下，您先前聽信其他大臣的讒言，先是企圖將我送上絞刑架，後來又帶兵攻打我的城堡，簡直把我視為不共戴天的仇敵。要是我現在救了您，之後您說不定又會想盡辦法來對付我呢！我看，我還是先走為妙！」列那說。

「噢，列那，那只是我一時糊塗罷了！」獅王大叫：「如果你這次救了我，我就封你為公爵，讓你能和葉森格倫平起平坐，這樣你滿意了嗎？天啊！我好像聽見獵人的腳步聲了！列那，求求你快帶我逃離這裡！」

列那聽完獅王的話之後，立刻用牙齒咬斷繩子。獅王顧不上尊嚴，飛也似地倉皇逃跑，列那則緊緊地跟在他的身後。

獅王和列那頭也不回地向前狂奔，直到再也聽不見獵人和獵犬追趕的聲音，他們倆才逐漸放慢腳步。

「列那，今天真是多虧有你啊！」獅王說。

「陛下，請別這麼說，能為您服務是我的榮幸！」列那諂媚地說。

他們倆一路上說說笑笑，之前的嫌隙似乎都已經煙消雲散了。突然，葉森格倫從他們的眼前飛奔而過，拚命地追趕一頭又肥又嫩的小豬。小豬也不是省油的燈，他東躲西藏，眼看著就要逃出葉森格倫的魔掌了。列那見狀，連忙從另一條小路繞過去，截住小豬的去路，然後用尖牙結束了他的性命。

獅王快步迎上前，高興地說：「列那，做得好！正好我的肚子餓了，這隻小豬就做為我的午餐吧！」

葉森格倫氣喘吁吁地趕了過來，雖然他看到列那時感到相當驚訝，但他還是不露聲色，恭恭敬敬地向獅王行禮。當他聽見獅王的表揚後，不免露出了厭惡的表情。明明這頭小豬是他發現的，也是他辛辛苦苦地從豬圈裡拐騙出來的，怎麼這下子全成了列那的功勞？他只不過是動了動嘴巴，將小豬咬死罷了！

況且，他本來還打算將這頭豬帶回家，與妻兒們一同分享，然而現在不但要拿來獻給獅王，就連列那說不定也要分一杯羹。想到這裡，葉森格倫忍不住用挖苦的語氣，表達了自己的意見。

獅王明白葉森格倫和列那之間的恩怨，於是連忙打圓場說：「葉森格倫，不如我把分食這頭豬的特權交給你吧！不過，請你記得算上獅后，因為她也很喜歡這樣的肉食。」

葉森格倫聽到獅后也要分食，頓時氣得火冒三丈，但他仍面不改色，冷靜地做出這樣的決定：小豬的四分之一獻給獅王，四分之一獻給獅后，內臟全數送給列那，其餘的部分留給自己。

獅王對葉森格倫的分法很不滿意，但他又不想為了這點小事與屬下爭論，更何況是他自己把分食的權力讓給了葉森格倫，事到如今也不好再多說什麼了。於是，他將自己的那一份肉品吞進肚子裡，然後帶著獅后的那份食物，默默地繼續朝皇宮走去。

列那享用完小豬的內臟後，靜靜地跟在獅王的身後。其實，他早已看出獅王的不滿，並暗自嘲笑葉森格倫不懂得討好君主。反觀那隻愚鈍的狼，他不但什麼也沒察覺，而且還在氣惱分食小豬一事。

就在大夥兒沉默地往前走時，一頭小牛從遠處風風火火地跑了過來。原來，他才剛逃脫

農婦的看守，正享受著自由的空氣，沒想到另一個危險又出現在他的眼前，結果他的性命就這樣葬送在列那和葉森格倫的手裡了。

「列那，是你帶來了好運嗎？」獅王興高采烈地說：「否則這些鮮嫩肥美的牲畜，怎麼會一個接一個地自己送上門來呢？這真是太不可思議了！列那，這一次就交給你來分配食物吧！」

列那明白獅王真正的心思，於是恭敬地說：「陛下，我把小牛的一半身體獻給您，這可是最好的一部分；另外一半的身體當然就歸獅后所有。葉森格倫公爵可以拿到所有的內臟，而我只要分到牛頭就滿足了。」

獅王對這樣的分配方式十分滿意，他認為自己的地位崇高，本就應該獲得最美味的部位。列那也很高興，因為他不僅削弱了葉森格倫的氣勢，還順利成為獅王最寵愛的臣子。

列那就這樣大搖大擺地跟著獅王回到皇宮了，大家見到他都感到相當吃驚，因為他們打從心底認為，那隻狡猾的狐狸已經病死在沙漠，再也不可能回來了。

不過，所有動物仍舊裝出歡迎的樣子前來迎接。

就在這時，獅王突然昏倒在地。大夥兒見狀，連忙合力將獅王抬上床。列那向獅后稟報了事情的經過後，推測獅王應該是因為剛才逃命時過於拚命，所以現在才會忽然暈了過去。獅后聽完後，立刻吩咐宮女煎一帖湯藥讓獅王喝下，期盼病情能夠好轉，然而情況卻愈來愈糟糕了。

國內的名醫都被獅后召來看病，可是竟沒有一位查得出病因。獅王認為自己可能不久於世，因此祕密召來神父倍令，與他商討繼承人一事。整個動物王國籠罩著不詳的氣氛，一些別有居心的大臣甚至開始謀劃新國王的人選了。

此時，列那並沒有閒坐在家裡享受天倫之樂，而是跑進樹林裡尋找調製特效藥的藥草。這種特效藥是從他的祖父開始代代流傳下來的，據說能夠治百病。列那費了許多工夫，終於蒐集到所有的藥草。他按照祖傳祕方製作出神祕的特效藥之後，便匆匆忙忙地趕到皇宮去了。

獅王見列那來了，立刻沒好氣地說：「你怎麼來了？你不是在樹林裡玩得很開心嗎？」

看來，已經有人向獅王告狀了。

不過，列那不慌不忙地說：「陛下，我並非到樹林裡玩樂，而是替您調配特效藥。這是我們家族的祖傳祕方，只要您吃下去，保證能恢復健康。」

獅王一聽，連忙說：「這是真的嗎？」

列那微笑著回答：「是的，陛下。不過在您服用特效藥之前，我必須先診視您的病情。」

獅王當即允許了。列那擺出醫生的架式，先看看獅王的舌苔，摸摸脈搏，再聽聽肺部。檢查完畢後，他鬆了一口氣，開心地說：「幸虧我趕上了，要是再晚一點，恐怕連神仙也救不了您。不過陛下，我還需要幾樣東西。」

「儘管開口吧！」獅王激動地說：「只要能夠治好我的病，我願意分一半的財產給你！」

「我並不是貪圖酬勞。」列那微笑著說：「我要的是一些可以幫助您恢復健康的東西。」

其他大臣好奇地站在一旁，想聽聽列那究竟需要什麼物品。

「首先，我需要一張狼皮來裹住您的身體。」列那緩緩地說：「依我看，葉森格倫公爵身上的毛皮就相當合適。」

葉森格倫一聽，臉色刷地變得慘白。他渾身發抖地說：「陛下，饒命啊！列那要我的皮根本不是為了替您治病，而是要謀害我啊！您千萬不能相信那隻陰險狐狸所說的話啊！」

「住嘴！」獅王怒吼：「葉森格倫，我現在需要你的毛皮來救命，你卻拒絕

我，真是太令我傷心了！既然你不同意，那我就只好強制執行了！」

話音剛落，幾名侍衛就衝上前去抓住葉森格倫，活生生地剝去了他的毛皮。渾身血淋淋的老狼又氣又羞，立刻離開了皇宮，列那則歡天喜地地把熱騰騰的毛皮蓋在獅王的身上。

接著，列那又說：「陛下，為了裹住您的雙腳，我還需要梯培的毛皮。」

於是，侍衛們連忙搜索花貓的身影。可是，機靈的梯培一聽到列那要剝葉森格倫的皮，就已經意識到情況不妙，因此早就偷偷地溜走了。這時，在場的大臣們無一不為自己的命運發愁，暗自祈禱自己不要成為列那的下一個獵物。

後來，列那又開口索取了公鹿白里士的角，以及野豬波桑的一顆獠牙。他將鹿角燒成灰，把牙齒磨成粉，然後摻進先前調配好的特效藥裡，製作出一種味道古怪的藥粉。接著，列那將藥粉湊到獅王的鼻子前，誘發獅王打了一個大噴嚏；最後，他讓獅王慢慢喝下濃稠的特效藥。經過一番治療後，獅王的病情果然有了起色。

過了一會兒，列那終於開口說：「陛下，今天就到這裡為止，明天我會再過來替您治療一次。到了後天，您的病就會痊癒了。」

「列那，謝謝你！」獅王感動地說：「你真是我最忠心的臣子，將來我一定不會虧待你的！」

後來，獅王的病果真痊癒了，列那又一次成為了獅王的救命恩人。

獅王恢復健康後，經常召列那進宮，與他商討國家大事，甚至還會向他分享一些雞毛蒜皮的家務事，簡直把他視為心腹。

一天，獅王愁苦地對列那說：「唉，當一位君主真是不容易啊！不僅要處理各種大大小小的事情，還要對各方的意見做出公正的判斷。可是，我身邊的大臣們都只想著自身的利益，沒有一個能夠真正成為我的左右手。」

「陛下，在誘惑面前，大家都會動心的。」列那安慰。

「正因為如此，我才更需要一位機智能幹、正直忠誠的動物來輔佐我，替我揭發一切陰險的勾當。列那，我認為這個人選非你莫屬！」

不過，列那似乎不太願意。

他委婉地告訴獅王：「陛下，謝謝您對我的信任和賞識，但是恕我無法擔此重任。您非常清楚，自從我晉升為男爵後，就一直遭受其他貴族勢力的打壓，而我也不甘示弱地反擊回去，因此得罪了不少動物。要是我當上宰相，他們一定不會善罷甘休的。」

「況且，我的年紀也大了。」列那繼續說：「陛下若是在早些年賦予我這樣重大的職位，我一定會欣然接受。可是現在，我只想辭官回鄉，將剩下的歲月留給最愛的家人。」

「你再好好考慮一下吧！」獅王不死心地說：「我相信只要我們攜手合作，絕對能夠讓動物王國迎接太平盛世。」

雖然列那剛晉升為男爵的時候，確實懷著雄心壯志，企圖擊垮那些為非作歹的貴族，但是在朝廷打滾的時間愈久，他就愈清楚自己絕對無法單獨戰勝那些惡勢力。除此之外，列那知道獅王喜怒無常，待在他的身邊說不定會為自己惹來許多麻煩，更何況那些視他為眼中釘的朝臣也不會輕易放過自己。因此，他打定主意要回去馬貝渡，悠閒地度過後半生。獅王見列那心意已決，只好依依不捨地讓他離開了。

列那懷著輕鬆的心情，漫步在回家的路上。就在他經過葉森格倫家門口時，突然萌生出了來拜訪宿敵最後一次的念頭。

「舅舅，我來探望您了！」列那說：「對了，獅王的病已經痊癒了。他說您的獻皮之恩，他會永遠銘記於心。」

葉森格倫聽到列那故意提起此事，不禁氣得咬牙切齒。由於失去了禦寒的毛皮，因此他最近都只能待在家裡養傷，等待新皮長出來。眼看就要過冬了，家裡卻連食物都還沒準備好。

列那朝四周張望，發現煙囪下掛著一隻大雞腿，於是流著口水說：「噢，舅舅，您已經準備好過冬的糧食啦？不過，您把它掛在這麼顯眼的地方，難道不怕引來小偷嗎？」

葉森格倫沒好氣地說：「不用你操心！我就坐在這裡守著，誰敢來拿？況且煙囪的洞口已經被我封死了，小偷絕對進不來的。」

列那假裝好心地勸誡：「凡事還是小心為妙。換作是我，就會先把雞腿藏起來，然後再到外面嚷嚷說食物被偷了，這樣就不會有人打雞腿的主意了。」

時間迅速地流逝，轉眼間已經到了用晚餐的時間了。列那故意遲遲不走，希望葉森格倫留他下來共進晚餐，順便嘗一塊香噴噴的雞肉。然而老狼早已看出狐狸的計謀，因此怎麼樣也不肯提吃飯的事。列那見天色愈來愈暗，只好不情願地起身告辭。他朝家的方向走了一段路，等葉森格倫走進屋裡後，便躲進灌木叢裡休息。

夜深了，幾乎所有的動物都已進入甜甜的夢鄉。列那躡手躡腳地溜回葉森格倫的家，他爬上屋頂，拆掉煙囪的封口，偷走了美味的雞腿。

忽然間，一陣涼風吹醒了葉森格倫，害得他不停打噴嚏。他疑惑地走下床四處張望，想尋找出風的來源。老狼緩緩地來到客廳，驚訝地發現他的雞腿竟不翼而飛了！他氣急敗壞地把頭探進煙囪裡，往上一看，封口果然已經被人拆下了。絕望的狼跌坐在地，大聲哀號。

第二天中午，列那再度前來拜訪。他看見葉森格倫愁雲慘霧的模樣，故作吃驚地問：「舅舅，您怎麼了？」

「我的雞腿被偷了！」葉森格倫憤怒地回答。

「天啊，真是太不湊巧了！」列那假裝惋惜地說：「昨晚，我將雞腿的事告訴海梅琳，結果她立刻吩咐我今天用其他食物來向您換一塊雞肉。您瞧，我拿了十二條大鰻魚來呢！」

葉森格倫目瞪口呆地看著鰻魚，他想到自己已經失去的雞腿，以及原本可以得到的鰻魚，心情變得更加沮喪了。

這時，列那指著煙囪，微笑著說：「舅舅，看來您採納了我昨天向您提供的伎倆啊！老實說，您早已另外找個地方，將雞腿藏起來了吧！既然如此，我還是將鰻魚帶回去，讓海梅琳解饞吧！」

列那向葉森格倫告辭後，悠哉地走回家了。而愚蠢的葉森格倫當然沒有弄清楚這是怎麼一回事，他不僅心疼那些不見的雞腿，還對那些從他眼前溜走的鰻魚念念不忘。

轉眼間，五年過去了。雖然列那已經離開朝廷很久了，但是獅王仍經常想起他。近年，整個動物王國動盪不安，貴族們紛紛建立派系，殘忍鬥爭。獅王在治理上愈來愈感到力不從心，因此決定將列那重新召進宮來輔佐自己。

他召來松鼠盧索，然後吩咐說：「你現在立刻趕到馬貝渡，去請列那回到朝廷。你告訴他，我會讓他和家人一起住在皇宮裡，如此一來，他就不必擔心長時間和妻兒分開了。」

「另外，」獅王補充說：「你可以接受列那提出的任何條件，之後再由我來處理。盧索，只要你完成這項任務，我就封你為侯爵。」

盧索恭敬地接下這個重責大任，心裡非常得意。一方面他認為這是一件容易的差事；另一方面，獅王將如此重要的任務交給他，代表他對自己十分信任。更重要的是，他還可以因此晉升爵位！

就這樣，盧索得意洋洋地出發了。可是，皇宮裡的消息傳得比松鼠的腳步還要快，因此在盧索抵達馬貝渡之前，列那就已經知道了這件事。

盧索跋山涉水，終於來到了列那的家門前。他深深吸了一口氣後，朝裡面大喊：「列那公爵，我奉獅王之命，特地前來接您回宮，請您快點開門！」

過了一會兒，屋裡傳來列那的大兒子貝斯海的聲音，他語帶傷心地說：「很抱歉，我的父親無法出來見您了。」

盧索摸不著頭緒，於是緊張地問：「這是什麼意思？陛下要我帶他回去，而且還允諾會答應他提出的所有條件呢！更何況，他是否前往皇宮，也攸關到我的前程啊！」

貝斯海仍舊悲痛地說：「盧索大人，要我的父親進宮，已經是一件不可能的事情了。」

緊接著，屋子裡也傳出了「不可能了、不可能了」的聲音，彷若貝斯海說話的回聲。原來，那些話是海梅琳和另外兩個孩子說的。

「為什麼？」盧索追問。

就在這個時候，列那的聲音不知道從哪裡悠悠地傳了出來，說：「盧索，我已經死了，再也無法替獅王分憂解勞了。貝斯海，請你帶盧索大人到我的墳前去看看吧！」

盧索垂頭喪氣地跟著貝斯海，來到森林裡的一塊空地。那裡有一塊墓碑，上面刻著：

列那與世長辭

盧索把列那去世的消息帶回宮中後，獅王坐在寶座上痛哭了好久，他實在無法接受自己就這樣失去了一位能幹的臣子。相反地，列那的仇人們則暗地裡大肆慶祝了一番。

至於大家的反應，對列那來說已經不重要了，因為從今以後，他與朝廷再也沒有任何瓜葛。既然列那已「死」、無法公開拋頭露面，那麼關於他的故事也該告一段落了。

小心許願！
免得落入可怕的窘境

五個孩子趁父母出遠門時，跑到新家附近的砂石坑玩耍，沒想到卻意外挖出了一個神祕的沙仙。牠從好幾千萬年前就已經存在於這個地球上，而且還能夠實現任何心願。孩子們興奮極了，迫不及待地向沙仙提出各式各樣的願望，然而不管是真心的願望，還是無心的希望，全都讓他們陷入了棘手的困境。更糟糕的是，沙仙最後對孩子們感到不耐煩，而拒絕幫助他們收回心願！究竟這些孩子該如何解決自己造成的麻煩？生氣的沙仙是否會網開一面，大發慈悲地援助他們呢？

大師名著
伊蒂絲・內斯比特
Edith Nesbit
【英國】

培養文學素養最佳啟蒙讀物

☆ 二十世紀奇幻小說開山之作

☆ 啟發《哈利波特》的暢銷兒童讀物

大師名著系列 007

列那狐的故事

機智狐狸的不凡一生

ISBN 978-986-99212-3-7 / 書 號：RGC007

作　　者：M・H・吉羅夫人
主　　編：林筱恬
編　　輯：王一雅、潘聖云
插　　畫：33_original
美術設計：巫武茂、張芸荃、涂敏俶

出版發行：目川文化數位股份有限公司
總 經 理：陳世芳
發　　行：劉曉珍
地　　址：桃園市中壢區文發路 365 號 13 樓
電　　話：(03) 287-1448
傳　　真：(03) 287-0486
電子信箱：service@kidsworld123.com
法律顧問：元大法律事務所 黃俊雄律師
印刷製版：長榮彩色印刷有限公司

列那狐的故事 / M.H. 吉羅夫人作 . -- 初版 . --
桃園市 ： 目川文化， 民 109.09
168 面 ；17x23 公分 . -- （大師名著 ； 7）
譯自 ： Histoire De Renard.
ISBN 978-986-99212-3-7（平裝）

876.596　　109011235

官方網站：www.aquaviewco.com
網路商店：www.kidsworld123.com
粉絲專頁：FB「悅讀森林的故事花園」

總 經 銷：聯合發行股份有限公司
地　　址：新北市新店區寶橋路 235 巷
　　　　　6 弄 6 號 4 樓
電　　話：(02) 2917-8022

出版日期：2020 年 9 月
　　　　　2021 年 10 月（二刷）
定　　價：380 元

建議閱讀方式

型式	圖圖圖	圖圖文	圖文文		文文文
圖文比例	無字書	圖畫書	圖文等量	以文為主、少量圖畫為輔	純文字
學習重點	培養興趣	態度與習慣養成	建立閱讀能力	從閱讀中學習新知	從閱讀中學習新知
閱讀方式	親子共讀	親子共讀 引導閱讀	親子共讀 引導閱讀 學習自己讀	學習自己讀 獨立閱讀	獨立閱讀